TAKE
SHOBO

聖なる力が××から出る乙女ですが、最強騎士さまに甘く捕まえられました

茜たま

Illustration
ことね壱花

contents

イラスト／ことね壱花

聖なる力が××から出る乙女ですが、最強騎士さまに甘く捕まえられました

第一章　おちこぼれ聖女の秘密

精霊像の足元で、聖女は祈りを捧(ささ)げている。

伏せた瞳から滑らかな頰(ほお)へと伝い落ちる、瑞々(みずみず)しい雫(しずく)。

それを唇に含んだ時、若い騎士の身体は蒼(あお)い光に包まれていく。


祭壇上で繰り広げられる、神聖な儀式のまばゆい光景。

そこから思わずそらした視線が、窓に映りこむ自分の姿をとらえた。

深緑の大きな瞳を強調する、困ったような形の眉。質素だが動きやすい仕事服から伸びた首筋に、緩くウェーブした漆黒の髪が一房こぼれている。

軽く眉間をほぐしてから、手早く髪をまとめ直した。

疲れを見せたりしてはいけない。この場には、自分なんかよりもずっと大変な人がたくさんいるのだから。

「レティシア、次の方をご案内してくれる？」

「はい、すぐに」

管理官からの指示を受け、抱えたリストの一番上にある騎士の名を確認する。

（今日は、とりわけ人数が多いわ。落ち着いて確かめなければ）

足を引きずる騎士に肩を貸して祭壇へ送り届けると、休むことなく次に待機する騎士の元へ。

「もう少しですよ。気持ちを落ち着けて、精霊に祈りを捧げていてください」

ぐったりと座り込んだ騎士の傍らに膝を突き、手を握って話しかけた。

「早く助けてくれ。体から力が抜けていくようだ」

触れた箇所から、彼を護る精霊の祝福が急速に涸れていくのが伝わってくる。

下唇を一度噛み締めてから、レティシアは微笑んだ。

「ご安心ください。すぐに祈りの聖女が参ります。祈りの雫を取り込めば精霊の祝福は戻りますし、身体の傷も癒えますから」

もう一度手を強く握り、立ち上がると周囲を見渡した。

精霊騎士隊はここ数日、北部の「歪み」を討伐するため前線に赴いていたという。傷ついた彼らは王都に帰還するや、この聖殿を目指すのだ。

祈りの聖女との儀式を経て、精霊の祝福を取り戻すために。

今回儀式を希望する精霊騎士は、このままでは三十人に達しそうである。対して、この聖殿が有する祈りの聖女の数は、やっと九人。

（やっぱり聖女が足りなすぎるわ）

また下唇を噛み締めた時。

「レティシア」

控室へと続く扉が開き、凛（りん）とした声に名を呼ばれた。

現れたのは、床に届くような白い聖衣をまとい、ウィンプルで髪を覆ったこの聖殿の聖殿長である。祈りの聖女としての現役を退いてから久しいが、跳ねあがった目じりから放たれる強い眼差（まなざ）しは、変わらぬ美しさと意志の強さをたたえたままだ。

「エデルガルド様、みんなの様子はどうでしょうか。このままでは三巡目まで祈りをお願いすることになりそうで……」

「レティシア、あなたは二十歳になりましたか」

「は……はい」

戸惑うレティシアを、聖殿長・エデルガルドはじっと見つめる。

そして、驚くべきことを告げた。

「あなたを指名する、精霊騎士が現れました」

あまりの衝撃に、ひゅっと息を吸い込んでしまう。

「聖殿長、それは……そんな、まさか、そんなことが」

「断ることはできません。なにせ相手は、このレーメルン王国次期国王」

様子を見守っていた管理官たちにもざわめきが広がる。我に返ったレティシアは、慌ててかぶりを振った。

「まさか、どうして。なぜ、そんな方が私なんかを……」

その時、聖堂の扉が左右に開いた。

「精霊騎士隊総指揮隊長、アルフレート・ヴァリス・レーメルン……王太子殿下」

聖殿長の声が響く中、レティシアはそちらを振り仰ぐ。

裏地が紫色のマントをばさりとひるがえし、白い隊服に銀糸で紋章を縫いとじた精霊騎士隊のサーコート。恐ろしいほどにそれが似合う背の高い騎士が、ブーツを鳴らして聖殿に足を踏み入れたところだった。

「アルフレート殿下が初めてこの聖殿を利用するにあたり、祈りの聖女・レティシアを指名されたのです」

金色の髪に濃いブルーグレイの瞳。甘く華やかな面差しに、しなやかに引き締まった体躯。

そして、どこにいても人の目を惹き付けてやまない佇まいと笑顔は、まるで光を放つよう。

疲弊した精霊騎士たちの中でただ一人、一片の傷すら負わぬまま、この王国始まって以来最強の騎士と謳われる二十二歳の若き王子は、悠然と周囲を見回した。

その視線がレティシアをとらえた瞬間、唇に、ふっと悪戯っぽい笑みが浮かぶ。

──ほら、見つけた。レティは隠れるのが下手だなあ。

かくれんぼをしている時に何度も聞いたフレーズが、耳の奥に響いた気がした。

「アル、さん……」

声にならない声で、レティシアは呆然とつぶやく。

この半年の記憶が急速に蘇り、頭がくらりとするようだった。

*

「まあレティ、またこんなにたくさんお土産を。ありがとう」

「聖殿への貢物として、質の良い小麦をいただいたんです。柔らかなパンが焼けたから、子供たちが喜ぶんじゃないかと思って」

レティシアが厨房のテーブルに載せた籠にむかって、周囲から小さな手が一斉に伸ばされてくる。院長が目を吊り上げた。

「こら、あんたたち！　手を洗ってからになさい！」

「レティ、どれがレティの焼いたパン？」

「ねえねえレティ、一番大きなのちょうだい！」

「レティお腹すいた！　すぐ食べたい！」

　騒ぎ立てる子供たちを見渡しながら、レティシアは籠の中からおもむろに大きな瓶を取り出した。

「手を洗ってきた子から、これをひと匙ずつパンの上にかけてあげようと思ったけど、もしかして、みんなは好きじゃなかったかしら？」

　瓶に満ちる黄金色の液体に、子供たちの瞳が丸く膨らんでいく。

「はちみつだ！」

「すっごく大きな瓶！」

「僕に一番にちょうだい！　ぴかぴかに洗ってくるからさ！」

「最後の匙に付いた分、舐めてもいい？」

　はしゃぎ声を上げてぴょんと飛びあがると、庭の井戸へと一斉に駆け出していった。

「子供たちの扱いが相変わらず上手ねえ、レティシア。頼もしいわ」

「いえ。私も、こことそっくりの場所で育ちましたから」

城下町から少し離れた丘の上に建つ、小さな孤児院である。

「子供たちはみんな、あなたのことが大好きだから大喜びよ。でもいいの？　聖殿の仕事は大丈夫？」

苦笑を浮かべていた院長が、気遣うようにレティシアを見た。

「はい。掃除も洗濯も終わらせてきましたし、夕食の仕込みには間に合うように帰れますから」

答えながら、籠の中からパンやはちみつの瓶、小分けにした焼き菓子などを取り出してテーブルに並べていく。

院長が何か言いたそうな表情を浮かべているのは分かりつつ、敢えて気付かないふりをした。

彼女が気にしているのは聖殿の下働きとしての仕事ではなく、レティシアが本来為すべき務めのことなのだろう。だけどそのことに関しては、報告できることなんて何もない。

「レティシア、洗ってきたよ！」

「ね、食べたらいっしょに遊ぼうね？」

帰ってきた子供たちの賑やかな声にホッとしながら、はちみつの瓶の蓋を、力を込めてぐるりと回す。

子供たちに両手を引かれて庭に出ると、木登り逆立ち馬飛びと、披露される最近の成長ぶりにひとしきり拍手を送り、ふわふわの草の上で絵本の続きを読み聞かせる。

やがて男の子たちが本気の騎士ごっこを始めたので、庭の片隅に大きく枝を広げた木の陰に座り、女の子たちと花を編んでいくことにした。

せがまれて、レティシアは歌を歌う。糸をつむぐ動きになぞらえながら、この世界の自然の美しさを、精霊に感謝していく歌。子供たちは歌に合わせて揺れながら、笑みを浮かべた。

この孤児院には、二十人近い子供たちが暮らしている。

生まれたばかりの赤ん坊から学校に通う年の子まで、みんな「歪み」によって家族を失った り、親元で育つことができなくなった者ばかりだ。

「レティ、はいどうぞ」

真っ白な小さな花と濃い緑の葉を編み込んだ花冠を、少女たちがレティシアの頭に乗せてくれる。

「ありがとう」

「レティ素敵。肌が白くて緑の目が大きくて、髪もとっても綺麗だわ」

「レティって、祈りの聖女さまみたい」

無邪気な瞳で見上げられて、レティシアの胸はつくんと痛む。

「そんなことないわ。私はちっともそんなんじゃ」

「いや、レティは祈りの聖女なんかより、ずっと綺麗だと思うよ」

頭の上から声がして、レティシアはハッと顔を上げる。

長身の青年が、木の幹に片手を突いてこちらを見下ろしていた。

「アル！」

「いつ来たの？」

「ねえねえ、レティはやっぱり、聖女様より綺麗だと思う？」

ぱあっと笑顔を浮かべた少女たちが、いっせいに青年を取り囲む。

「そりゃそうさ。レティはみんなと泥だらけになるまで遊んでくれるし、美味（おい）しいものだってたくさん作ってくれるだろう？　聖殿に閉じこもってばかりの祈りの聖女なんかより、綺麗な上にずっと優しいよ」

しれっとした顔で言い切る彼に、女の子たちは我が意を得たりと歓声を上げた。

アルの金色の髪が、暖かな風を含んで艶（つや）やかに輝く。

とても整った風貌の青年である。しかしそれ以上に印象的なのは、彼のまとう、周囲をパッと明るくするような絶対的な華やかさだ。

すらりとした長身で、まっすぐな眉と精悍（せいかん）な頬をしている。ブルーグレイの瞳は切れ長でありつつ人懐っこさを湛え、深い光を放ちながら甘く悪戯っぽく煌めいている。

子供たちからレティシアに視線を移すと、アルは揶揄うような笑みを形のいい唇に浮かべた。

「そもそも、レティくらい綺麗で純粋な子、王都のどこでも見たことないしね。余裕で聖女超えさ」

レティシアが真っ赤になるところまでを見届けて、アルはくくっと笑う。

彼の両脚に、近くで陣取り合戦をしていた少年たちが勢いよく飛びついてきた。

「アル遅いぞ！　裏山にウサギの罠を仕掛けに行こうぜ！」

「違うよ、今日は馬に乗せてくれる約束だよね？」

アルはニヤッと笑うと、背中によじ登った一人をひょいっと肩車にしてしまう。取り囲んだ子供たちがはしゃぎ声を上げた。

「ああ、いいよ。だけどみんな、その前に今日の俺のお土産の話、聞かなくていいの？」

子供たちが、ぴたりと動きを止める。

「こーんなでっかい甘芋を、ごろっごろ持ってきたんだ。バターもたっぷり添えているから、院長が今日のおやつに蒸かしてくれるってさ。そろそろオーブンからバターが芋の上で焦げる匂いが漂ってくるころだと思うけど」

誘惑に満ちた言葉に子供たちはいっせいに鼻をひくつかせ、歓声を上げるとアルから飛び降り、地面を蹴り、孤児院の建物にむかって転がるように駆け出していく。

あっという間にその場には、レティシアとアルだけが残されていた。

「それでは、そろそろ私も……」

「はい、これレティのぶん。先に蒸してきたからまだ温かいよ?」

ポケットから芋を差し出され、立ち去るきっかけを失ってしまう。少し逡巡(しゅんじゅん)した後で、そのまま座りなおした。

アルも、満足そうに微笑んでレティシアの隣に足を投げ出して座る。

気付かれないように距離を広げて座りなおしたのに、即座にその分の距離を詰められてしまった。

レティシアは、ここにとどまる理由を必死に探す。

(そうだわ、さっきの言い方についてはひとこと言っておかなくては)

「アルさん、祈りの聖女のことをあんなふうにおっしゃってはいけません。子供たちが信じてしまったらどうするのですか」

改まって深刻な顔を向けたものの、アルは全く気にする様子もなく、しれっとした顔で芋の皮をむいている。黄色い実には、溶けそうな蜜が浮いていた。

「信じるもなにも真実だろ。一般人が立ち入れない聖殿の奥で、騎士たちに精霊の祝福を補充する聖女？　そんなの、あの子たちの生涯では姿を目にすることすらない」

　暖かな風に目を細め、アルはレティシアに視線を向けた。

「それよりも、ここでこうやって一緒に遊んでくれるレティの方が、あの子たちにとってはよほど救いになっている。違う？」

「違います。祈りの聖女は崇高な志で任務に向き合っている、特別な存在なんですもの」

　芋を包み込んだ両手を膝に乗せ、レティシアは真剣な顔で繰り返す。

「特別でなくては、いけないんですもの」

　アルは芋を一口かじり、深く頷いた。

「やっぱり、レティくらい純粋で綺麗な子は王都のどこでも見たことがないな」

「もう！　アルさんまた、全然人の話を聞いていませんねっ……？」

　大きな声が出てしまった。出し慣れないものだから、ちょっとひっくり返ってしまう。

　頬を熱くしたレティシアに、アルは軽く目を瞠る。

「……も、申し訳ありません。声を荒げてしまいました」

　他人に対して批判めいたことを大声で言うだなんて、普段の自分ならば考えられないことなのに。

（やっぱり、この方といると私が私じゃなくなるみたい。おかしなことばかりしてしまうわ）

「全然いいよ。そんなの荒げたうちに入らないし」

アルはクスクスと笑いながら片膝を立て、レティシアの顔を覗き込んだ。

「貴重で、可愛い」

そしてまた、そんなことを言うのだ。

「揶揄わないでください」

人気者のアルにとっては、なんてことない冗談なのだろう。もしかしたら普段も町の女の子たちに、同じようなことを言っているのかもしれない。

分かっているのに、勝手に動揺してしまう自分が恥ずかしい。

「揶揄ってなんかないさ。そもそも、レティはもっともっと文句を言っていいんだよ。あんまり素直すぎると心配だな。悪い奴に騙されそうで」

アルはひとしきり笑ってから、大げさなことを言った。

「そんな、私はお金も持っていないですし、騙して得する人なんていません」

「……うん、そういうとこ。ま、何かあったら俺に言って。どうとでもしてあげるから」

どこか意味深に笑って、アルは木にもたれて目を閉じた。

「レティ、歌を歌ってよ。いつもの、糸をつむぐ歌」

促されるままに、レティシアは小さな声でメロディを口ずさむ。

幼い頃からふとした時に歌ってきた、息をするように唇から零れる歌だ。

歌いながら、そっとアルの横顔を見た。

暖かな風に木々が揺れ、金色の髪の上に木漏れ日を作っている。本当に美しい青年だ。悪戯好きの美の精霊が、気まぐれに地上へ降りてきたかのよう。

不意に、アルフレートは瞳を開いてレティシアを見た。

「ジーンおばさんの腰は、まだ治療中？」

「はい。だけど、だいぶ楽になってきたということです。杖を突けば歩けるようになったと、先日聖殿に報告に来てくださいました」

ジーンとは、聖殿の事務を担当する管理官の一人である。聖殿の管理するこの孤児院の運営補助は、元々彼女の仕事だった。

しかしこの冬、ジーンが持病の腰痛を悪化させたことを受け、代理に立候補したのがレティシアだったのだ。

聖殿長・エデルガルドは、すぐには許可をくれなかった。

——お願いです。私も何か、みんなの役に立ちたいのです。

しかしレティシアは諦めず、繰り返し繰り返し申し入れたのだ。

祈りの聖殿の慢性的な人手不足が、エデルガルドを悩ませていることは知っていた。

掃除も洗濯も炊事も裁縫も。聖殿の下働きとしての仕事なら、朝から晩までこなしている。それでも本来自分が担うはずだった役割を思えば、まだまだこんなものでは足りない。

——ほんの少しでも私が役に立つことがあるならば、やらせてください。お願いします。

レティシアの気迫を受けた聖殿長はしばらく考えた後で孤児院長と話し合い、この孤児院を二週間に一度訪問することを、ついに任せてくれたのである。

最初の日、レティシアは聖殿長といくつかの約束を交わした。

孤児院との往復は聖殿の用意した馬車で行い、途中下車はしない。窓は開けない。真の身分は明かさない。そして、何よりも大切なことは……。

「ジーンおばさんが治るのはもちろんめでたいことだけどさ。レティがここに来なくなったら、子供たち、がっかりするだろうな」

視線を落としたレティシアに、アルは明るい声で提案した。

「そうなったら、ジーンおばさんとレティが二人一緒に来るってのはどう?」

アルは、この孤児院に食物や日用品を卸している商家の息子だ。年齢はレティシアより二歳年上の二十二歳だというが、笑うと少年のように見える。

レティシアが緊張しつつ初めて孤児院を訪れた時には、アルは既に子供たちの人気者だった。男の子たちと一緒に力の限り遊びまわり、女の子たちのおままごとにも手の込んだ設定を提案してとことん付き合う。子供たち相手に、心底楽しそうに笑うひとだ。

明るく華やかで悪戯が好きで、楽しいことをどんどん思いついて実行してしまう。

花を巻き込む嵐のように、アルはレティシアを驚きの渦に引き込んでいった。

だけどそのたびレティシアは、聖殿長と交わしたもっとも重要な約束を思い出す。

――異性とむやみに関わってはいけません。

だからアルの姿を見ると引き返し、話しかけられても申し訳なく思いつつ無視をして、急ぎその場を立ち去るようにした。

孤児院の子供たちと同じように、アルもレティシアのことをただの聖殿の下働きだと思っている。なのにこんなに露骨に避けていては、不快な思いをさせるに違いない。嫌われたって、仕方がない。

なのに、アルはレティシアの拒絶など意にも介さず飛び越して、軽やかに距離を詰めてくるのだ。

駄目だと分かっているのに、笑いながら見つめられると、心の奥が熱くなる。彼が紡ぐ知らない世界の物語を、子供たちと一緒に聞き入ってしまう。

惹き付けられる。目が離せなくなる。

いけない。話を聞いてはいけない。笑顔を浮かべてはいけない。

また次も会いたいなんて、期待するなんてとんでもない。

(だって私は……)

「レティ?」

顔を覗き込まれて我に返った。

「アルさん、そんなに近付いてはいけません」

いつものように慌てて身をそらすレティシアに悪戯っぽい微笑を向けたアルが、こちらに手を伸ばしてくる。よけきれない。思わず首をすくめたレティシアの頭上の花冠を、アルはとん、と指先で突いた。

「似合ってる。漆黒の髪に、白が映えてすごく綺麗だ」

薄く整った唇に、アルは柔らかな笑みを浮かべる。

「俺は仕事で国中を回ることもあるけれど、君みたいな髪色は見たことがないな」

レティシアは、頭上の花冠に両手を添えて俯いた。

緩くウェーブした自分の黒髪が、胸元で揺れるのが見える。この髪色が神秘的だと当時の聖殿長が褒めてくれたのは、初めて聖殿に着いた日だっただろうか。

「——アルさんは、国の外れに赴くことはありますか?」

「ああ、たまにね。どうして?」

レティシアは膝の上の芋を握る。だいぶ冷たくなってしまった。

「どうか気を付けてくださいね。国の端には歪みが多く出ると聞きます。護衛をちゃんと雇って、夜の移動は控えて、整備された街道以外は通らないようにしてください」

「じいやみたいなことを言うんだな、君は」

「じいや？」

「いや、なんでもない」

くくっと笑ったアルは、背後に突いた腕にもたれるようにしてレティシアを流し見た。甘い視線の奥に、熱い光が灯っているようだ。胸の奥がことんと鳴り、レティシアはうつむいた。

「了解、気を付ける。でも大丈夫、俺強いから」

「歪みはどんな形で生じるか予想がつかないのです。子供たちとの取っ組み合いとは違うのですよ！」

顔を上げると、さっきよりも近い位置で顔を覗き込んでくるアルと目が合った。

「レティ、俺のこと心配してくれているの？」

瞳が優しく細められる。

「光栄だな、ありがとう」

胸が苦しい。

胸の奥のずっとずっと底の方から、ぷくぷくと何か火照ったものが湧き出してくる。

それは初めての……いや、違う。

アルと出会ってから、時間をかけて育まれてきた温かな想い。

(これは……)

不意に、くらくらするほどの激しい警鐘が頭の中に鳴り響いた。

「……わ、私……もう、帰らなくては」

「レティ、もう少し話をしない？　それに今日こそ俺の馬で送らせてよ」

「結構です。失礼いたします」

逃げなくては。この場を立ち去らなくては。

ああ、違う。本当はさっきこの人が来た時に。いや、最初に出会った時にそうすべきだった。

(この人といると、私は変になってしまう)

「レティ、待って」

今までアルがレティシアに直接触れたことは一度もない。ぐいぐいと距離を詰めつつも、まるで彼自身も一線を引いているかのように、肌に触れることはなかったのだ。

だけど今回はレティシアの立ち上がる勢いにつられたのか、手首を掴まれてしまった。

その瞬間、目に見えない強い力が、二人の間でびりりと弾けて散る。

驚いたレティシアの足元がもつれた。

「きゃっ」

「レティ！」

ふわりと視界が回ったかと思うと、レティシアはアルの腕の中にあおむけに倒れていた。体を地面に打ち付けないように、アルが受け止めてくれたのだ。

「大丈夫？　ごめん」

「わ、私こそ、申し訳ありません……」

慌てて起き上がろうとした時だった。

ふにゅり。

何が起きたのか分からず固まったレティシアに対して、アルの反応は早かった。

「あ、ごめん」

即座に手を引っこめたその顔が、少し赤くなっている。

それは、ほんの一瞬だ。

ほんの一瞬だけれども、アルの掌（てのひら）が質素な服越しに、レティシアの右の胸を包むように覆ったのだ。

血の気が一斉に引いていく。遅れて視界が狭まっていく。

「レティ、ごめん。ワザとじゃないんだ。もっと上手に受け止められたらよかったんだけど」

そのブルーグレイの瞳から勢いよく目をそらし、レティシアは胸元を庇うようにして立ち上がった。

「ごめんなさいアルさん。もう、お会いできません。さようなら」

震える唇でどうにか伝え、地面を蹴って丘を駆け下りていく。

（ああ、すべての事象を司る精霊よ、愚かな私をお赦しください）

ぬかるんだ斜面で足元が滑り、前のめりに倒れてしまった。

頭に載せていた花冠が飛んで、目の前にぽてんと落ちる。

胸が苦しい。ふくらみの奥が、ドキンドキンと鳴っている。

この、恥ずかしくて邪魔で忌々しい、自分の身体の大っ嫌いな一部分が。

土で汚れた手で目元を乱暴にぬぐい、立ち上がると冠を掴み、再び走り出す。背後からアルの声が聞こえた気がしたが、振り返ることなどできなかった。

（申し訳ありません聖殿長、祈りの聖女のみんな。私はまた、聖殿の名誉を穢してしまいました）

――祈りの聖女。この世界の特別な存在。

その身から発現させた祈りの雫を与えることで精霊の祝福を補うことができる、類まれなる

「祈りの属性」を持つ乙女たち。

まだ一歳にも満たない頃、レティシアは北部の孤児院の前に取り残されていたという。

この国ではよくあることだ。しかし孤児院で成長しながらも、何故(なぜ)かふとした時に、自分はこのままでいいのかと不安に襲われることがあった。

それは、なすべきことを忘れてしまっているような、足元が常に揺らいでいるような心細さである。

十歳で祈りの聖女としての素質があると見出(みいだ)された時、だからとても嬉(うれ)しかったのだ。

これで誰かの役に立てるのだと。自分にも、この世界での役割があったのだと。祈りの聖女として、立派に役割を果たして生きていこうと誓ったのだ。

しかし十五歳の時、とある出来事をきっかけに、その想いは打ち砕かれた。

それ以来ただの一度たりとも、聖女としての務めを果たせたことはない。

落ちこぼれ聖女。

まごうことなくそれこそが、二十歳になった今のレティシアの立ち位置なのだ。

それが、今から十日前の出来事である。

最後に見たアルは、戸惑いの表情を浮かべていた。

あんなにたくさん明るい笑顔や温かな時間をくれたのに。なのに最後はあんな顔のままで、終わらせてしまった。

聖殿に戻ったレティシアを待っていたのは、ジーンの復帰が早まるという報せだった。

（やっぱり、もう終わりにしなさいという思し召しなんだわ）

そもそもあんな時間を持てたことが、奇跡であり罪だったのだ。レティシアは懺悔の祈りを捧げ、心の奥底にすべてを永遠に閉じ込めておくことに決めたのだ。

ほんの半年間の、誰にも言えない罪の記憶として。

（なのに、まさかこんなことになるなんて）

そして今。レティシアはゆっくりと回廊を進んでいく。

世間から隔離された聖殿から、さらに隔絶されたその裏側。両側から壁が迫るような薄暗くうねる廊下を抜けた突き当りに、目指す部屋はある。

あれほど憧れていた「祈りの聖女」の純白の聖衣は、いざ着てみると丈が長くて歩きづらく、ウィンプルは思っていたよりも重かった。

「懺悔室」の札が見える。禁忌を犯した聖女のためにかつて使われていたというその部屋は、エデルガルドが聖殿長になってからは封鎖されたままになっていた。

外に声が漏れない個室がここしかないのだと、苦渋の表情を浮かべたエデルガルドが古い鍵を出してきたのだ。

(だけど私には、これほどぴったりの部屋はないわ)

重い扉を押し開くと、狭い部屋の奥の壁に触れながら何かを確認していたアル……アルフレート・ヴァリス・レーメルンが振り返った。

マントは下ろしているが、身にまとうのは精鋭部隊である精霊騎士隊の白い隊服である。さらに胸に光るのは、隊長であることを示す王国の紋章だ。

レーメルン王国王太子にして、精霊騎士隊総指揮隊長。

そういう方が存在することは知っていたけれど、それがまさかこの人だったなんて。想像もしなかった自分は、なんて世間知らずなのだろう。

「レティ」

「お待たせいたしました、アルフレート・ヴァリス・レーメルン隊長」

淡々と返す自分の声が、まるで他人のもののようだ。

椅子の一つに腰を下ろすレティシアに、アルフレートは飾りけのない土壁を指先でこんこんと叩(たた)いてみせた。

「なに、この部屋」

「昔は、懺悔室として使われていました」

アルフレートはため息をついて、レティシアに向かい合った椅子に座る。

「どうして懺悔室なんかに通されるんだ？　普通、聖女の祈りは聖堂で行われるものだろう」

不満そうな声。いや違う。憤っているのだ。

「君が初めて聖女の務めを果たすっていうのに、どうしてこんな暗くて埃っぽい部屋に押し込められなきゃいけないんだ。君はまさか、いつもこんな扱いを受けているの？」

レティシアのために、憤ってくれているのだ。

そう思い至った時、レティシアは改めて理解する。

(アルフレート様は、アルさんなんだわ)

商家の息子じゃなかったとしても。この王国の王太子で、四種もの属性の精霊から祝福を受けた、史上最強の精霊騎士だったとしても。

孤児院の子供たちと泥だらけになって遊んでいた、レティシアを仲間に引き入れて楽しい話を聞かせてくれた、優しいアルと何も変わらない。

「でもレティィ、会えてよかった。この間のことをどうしても謝りたかったから」

だからこそ、あのような別れ方をしたレティシアを気にかけて、こうしてわざわざ祈りの聖女として指名してまで会いに来てくれたのだ。

それならば自分も、誠実に対応しなくてはいけない。

下働きのレティは確かにいたけれど、それは同時に祈りの聖女・レティシアでもあるのだから。

(たとえ今度こそ本当に、愛想をつかされてしまうとしても)

「アルフレート・ヴァリス・レーメルン隊長」

レティシアは、そっとアルフレートの右手を取る。

その瞬間思わず息を呑んでしまったのは、彼から伝わってくる精霊の祝福が、類を見ないほどに上質なものだったからだ。

(あの日、手首を掴まれた時に感じた強い力は、やっぱりこれだったんだわ)

半年以上定期的に会っていながら今まで気付けなかったとは、あの場所での自分がどれほどに聖女としての自覚を失っていたのかと思い知らされる。

いや、みっともないほどに舞い上がっていたのだ。

今、アルフレートから感じる精霊の祝福は、彼が本来持つ器からは確かに半分ほど目減りしているようである。しかし、そもそも元の器が尋常でなく大きいのだ。全貌を測り取ることすら、容易にはできそうにない。

さらに今この瞬間も、温かく強い祝福が彼の内側からこんこんと湧き出てくるのである。まるで涸れることを知らない泉のようだ。

最も多くの前線に出向く騎士隊長でありながら今まで一度も祝福の補填を必要とせず、聖殿に足を踏み入れたこともない、その理由が分かった気がした。

「祈りの雫が本当に必要でしょうか？　殿下の回復力をもってすれば、ほんの一晩眠るだけで、精霊の祝福は再び満ちると思われますが」

「今夜中にまた前線に出ることが決まったんだよ。だから、今すぐ回復する必要がある」

まるで用意してきたかのようにすらすらと答えながらも、アルフレートは感心したように目を丸くした。

「すごいなレティ。君はそんなことまで分かるの？」

しかしすぐに苛立ちを声に滲ませる。

「これが聖女としての君の初仕事だって聞いたよ。ねえ、どうして君みたいな優秀な聖女が、下働きに甘んじていたんだ？　その上こんな隠されるような扱いまで受けて」

アルフレートはレティシアの手を握りしめ、鋭い瞳で切り込んできた。

「君は聖殿で非道な仕打ちを受けているんじゃないか、レティ」

「聖女レティシア、とお呼びください」

「レティ……レティシア、本当のことを話してくれ。そうすれば、俺は聖殿と貴族院を告発する準備もある。こんなくだらない場所から、君をさっさと連れだして……」

答えずに、レティシアはゆっくりと精霊への祈りの言葉を紡ぎ始める。

祈りの属性を持つ聖女が祈りの言葉を詠唱すれば「祈りの雫」を生み出すことができる。

涙のように瞳からこぼれ落ちるその雫には、取り込んだ者の傷を癒し、枯渇していた精霊の祝福を再び満たす力がある。

それが、祈りの聖女と精霊騎士による神聖な「祈りの儀式」。

実際に行うのは初めてだが、毎回近くで見守り、そして何度も何度も想像の中で繰り返してきた儀式である。段取りは頭の中に完璧に入っている。

だけど一つだけ。レティシアには、他の聖女たちと大きく違う手順が必要だ。

「レティ……?」

アルフレートが、戸惑いに満ちた声を上げる。

当然だ。目の前のレティシアが、いきなり聖衣の胸元に並んだボタンを外し始めたのだから。

(大丈夫、恥ずかしくない。誇りを持って務めを果たすのよ)

聖衣は素肌の上に直接まとっているので、ボタンが外れた下の肌に、直接空気が触れていく。

(だって私は今この瞬間だけは、まがりなりにも「祈りの聖女」なんだもの)

たとえ、レティシアの秘密を知った瞬間に、彼がこの部屋を出て行ってしまうのだとしても。

「私の雫は……他の聖女たちのように、涙の形で発現するのではありません」

聖衣の前身ごろを、左右に大きく割り開いた。

通常なら人の目には決して触れることはない二つの白い膨らみが、ふるりと揺れながら無防備にこぼれ落ちる。

せめてもっと控えめなサイズならよかったのに。

どんなに下着で押さえつけても、この数年でさらにふっくりと大きく育ってしまったそれが、レティシアにはとても憎らしい。

羞恥を意識したくなくて、両眼をきつくきつく閉じた。


「胸の先から、あふれるのです」


アルフレートが息を飲むのを感じる。

「これが……私が、今まで聖女としての責務を果たせなかった理由です。せっかくご指名くださいましたのに……申し訳ありません。私は史上かつてない……落ちこぼれ聖女なのです」

アルフレートは、何も言わない。

ただ息が詰まるような沈黙が、瞳を閉じたままのレティシアに重くのしかかってくる。

（ああ……）

彼の視線を強く胸に感じる中、レティシアは自分の身体に起きた変化に震える。

胸の先端、本来なら赤子に乳をやる機能しか持たないはずの、その小さな突起が徐々に熱くなっていくのを感じたからだ。

そしてそこからは、やがて聖なる透明の雫が、にじむようにあふれてくる。

（どんなに、はしたなく見えることだろう。どうして私は、こんな……）

胸をさらした瞬間には、抑え込めていたはずの羞恥。

それが徐々に膨らんで、聖衣をめくる手を震わせる。

「申し訳ありません、アルフレート殿下。どうかもう私には構わないで……。他の聖女を、ご指名ください」

惨めさと恥ずかしさに苛(さいな)まれながら、レティシアはそっと目を開く。

潤んでしまった視界の先には、こちらを見つめるアルフレートがいた。

蔑んでいるわけでも、嫌悪感を露(あら)わにしているわけでもない。

ただ、驚いたように目を瞠って、じっとレティシアを見つめている。

「……他の聖女？　冗談じゃない」

アルフレートがつぶやいた。いつも軽やかな余裕をまとわせている声が少し掠(かす)れ、熱を帯びているようだ。

「決めた。君は、俺だけの聖女だ」

椅子から滑り落ちるように、アルフレートは床に片膝を突く。

腰が引き寄せられたと思ったら、ぷるりと片方の胸が持ち上げられた。

「はっ……んっ……」

レティシアの豊かな胸の先の小さな突起に、アルフレートの唇がぴたりと当てられた。

第二章　繰り返される儀式

この世界は、精霊によって創造されたという。

精霊が司る五つの属性、火・水・風・土・そして祈り。

五つの属性は自然の中で互いに影響を与えあい、最適な進化を遂げてきた。

それは人間も同じだ。世界に生まれ落ちた時、誰もが精霊の祝福を受ける。

しかし、恩恵ばかりではない。精霊の力は時に暴走もするのである。

暴走した精霊が生み出した突然変異、それが「歪み」。

歪みにより動植物は凶暴化した「魔物」へと転じ、気候や自然現象は理を越えて深刻化する。

それに対して人間は、自分たちに与えられた精霊の祝福を理性で操ることで対抗してきた。

精霊に翻弄されるこの世界で、レーメルン王国が三百年間も存続してこられた理由。それは、大陸の端にせり出して三方を歪みの少ない内海に囲まれている地の利と、そして何より「精霊騎士」と「祈りの聖女」の存在によるところが大きいだろう。

精霊騎士隊。それは、王国騎士団の組織に属する少数精鋭の騎士隊である。

彼らは、常人より遥かに大きな祝福を与えられて生まれた者たちだ。

強い理性の力により自分の中の精霊の祝福を操る鍛錬を積み、歪みが生じた場所に赴いては、精霊の暴走を制圧する。

しかし、彼らに与えられた祝福も無限ではない。

激しい戦いを繰り返せば消耗する。再び回復して戦うことができるようになるまでには、一定の時間を必要とするのだ。

そんな時に力を発揮するのが祈りの聖女。五大属性で最も希少な「祈りの力」を持って生まれた乙女である。

彼女たちは素質を見出されると王都の聖殿に集められ、「祈りの雫」を発現するようになるまで大切に育てられる。「祈りの雫」とは彼女たちの純粋な祈りが具現化したもので、一定の年齢に達すると、瞳から涙の形で発現するのだ。

精霊の祝福が尽きた者が「祈りの雫」を取り込むと、祝福は蘇り身体の傷すら癒えるのである。

人間とって絶対の希望、精霊騎士と祈りの聖女。

レーメルン王国は、彼らによってどうにか平穏を保たれていた。

（一体、何が起きているの？）

きつく閉じた瞼の裏に、ちかちかと光が弾けている。

「んっ……」

また声が漏れてしまった。

そっと瞳を開いて見下ろすと、アルフレートの赤い舌が、レティシアの胸の先端を、ゆっくりと舐め上げたところだった。

人間の舌というものが、こんなに力を持っているなんて知らなかった。

柔らかく頼りないものだとばかり思っていたのに、アルフレートのそれは厚みと弾力があり、濡れた感触でレティシアの乳首を下から弾く。

「あっ……」

ぷくり、と胸の先に新たな透明の雫が浮かび上がると、アルフレートはすかさずそこに吸い付いて、口の中で先端を、ちろちろとくすぐりながら吸い上げた。

「～～っ……」

背筋がもどかしく震える。歯の根が合わない。レティシアは必死で下唇をかみしめた。

「レティシア、唇が傷ついてしまうよ」

ちゅぽん、と音を立てて乳首から唇を離したアルフレートが、レティシアを見上げて微笑んだ。

ブルーグレイの瞳が揶揄(からか)うように細められるのは今まで通りのはずなのに、その目元はほんのり赤く染まり、いつもとは違う甘い色香が漂っている。

（でもきっと、私の顔の方が、ずっと赤くなっているはずだわ）

恥ずかしさがこみ上げて、いたたまれずにまた唇を噛(か)んでしまう。

「ぁあっ……」

すると今度は反対の胸の先からぽたりと雫が滴り落ち、アルフレートはすかさずそちらの先端も、丁寧に舌で舐め上げた。

生まれて初めて男性の前に胸を晒(さら)してから、どれくらいの時間が経(た)ったのだろう。

レティシアの前に片膝を突いたアルフレートは、ただの一滴も無駄にするつもりはないというように、あふれる雫を口に含み続けている。

必死で息を整えながら、レティシアは自分の胸元を見る。

ずっと引け目を感じて下着で押さえつけていた胸は、今は解放されてアルフレートの手の中で自分の息遣いに合わせて微(かす)かに上下を繰り返している。

泣きたくなるのは、先端の変化だ。

どんなに心を落ち着かせようとつとめても、これは神聖なる儀式なのだと自分に言い聞かせても、勝手にそこはぷっくりと膨らみ、てらてらと濡れて光っている。

(なんて、なんてはしたない……)

このような場所をアルフレートに晒して、あまつさえ唇にふくまれているなんて。

「……アルフレート様……も、もう……十分、では……」

「いや、もう少しだけ足りないと思う。ほら、俺の手を握ってみてよ」

互いの両手の指と指を絡めたと思ったら、アルフレートはレティシアの身体を引き寄せて、またも胸の先端を強く吸ってしまう。

ちゅうちゅうと音を立てて、先端に甘く歯まで当てた。

「っ……だめ、ですっ……。噛まないでっ……あっ……」

「ん、ごめん。だけどここ、吸おうと思うと歯が当たっちゃうから」

そういうものなのだろうか。レティシアには分からない。ただただ、鼓動が止まらない。

(神聖な儀式なのに、どうしてこんな)

ここに来るまでは。いや、覚悟を決めてアルフレートの前で服をはだけた時ですら、聖女としての自分を保っていられたはずなのに。

十年目にしてやっとめぐってきた、祈りの聖女としての初仕事である。

自分の体質を知られればすぐに拒絶されるだろうと思っていた。それでも誇りを持ってやり遂げようと、悲壮な覚悟をしてきたはずなのに。

「君の雫は、ほのかに甘いんだね。すごく美味しい」

「あ、味なんてどうでもいいのです。力を……取り戻してくださいっ……」

「大丈夫だよ。ほら、あとどれくらい力が足りないか、君もちゃんと測っていて」

アルフレートは意味深に笑って、絡めた指に力を込めた。

熱い息を吐き出すと、胸元からレティシアを見上げてくる。

「んっ……」

心を落ち着かせて指先から彼の中の祝福の総量を探ろうと思うのに、その瞬間にまた胸の先をちゅうっと吸い込まれて、ちゅぱちゅぱと音まで立てられ立て続けに甘噛みされて、意識が霧散してしまう。

「や、も、もう……だめです……」

抗議しようと視線をやると、アルフレートは真剣な顔でこちらを見ていた。

「君が今まで、祈りの聖女としての仕事をしてこなかった理由はこれ？」

不意に現実に引き戻された思いがした。

俯いて、むき出しの胸にそっと手を当てる。痛いくらいに張りつめた濡れた小さな乳首がひどく卑猥に思えて、泣きたくなる。

「……通常、聖女は十代半ばで初めての祈りの雫を瞳からこぼします。だけど私は……」

「胸からこぼれてきたってわけか。驚いただろう」

レティシアは、静かに目を閉じた。

聖女として役目を果たせる日を心待ちにしていた、十五歳のあの日。

初めての雫が胸からあふれ出した日のことは、決して忘れることができない。

最初は何が起きているのか分からなかった。だけど当時の聖殿長がレティシアの身体を調べた後、慄いたように叫んだ声を今もはっきりと覚えている。

——なんておぞましい。そんな穢れた場所から雫を出すなんて聞いたことがない。聖女の恥だわ！　すぐにこの聖殿から出て行って！

聖殿長は卒倒し、しばらくして引退してしまった。

追い出されても、レティシアには行くところなどない。

彼女の後を継いで聖殿長に就任したエデルガルドはレティシアが聖殿に残ることを許してくれたので、それからずっと下働きとして過ごしてきたのである。

あれから五年。年下の聖女たちの中には、レティシアが見習い聖女であったことを知らない者も多くなっていた。レティシアがいきなりアルフレートから指名を受けたと聞いた彼女たちは、意味が分からずにぽかんとしていたくらいである。

黙り込んでしまったレティシアの鎖骨にこぼれた黒髪に触れ、アルフレートは改まった面持ちになる。

「とりあえず、一番大切なことを聞いていいかな」

「はい」

レティシアも緊張しつつ見つめ返したが、質問は拍子抜けするようなことだった。

「他の男には、今までこの姿をさらすことはなかったってことだよね？」

「当然です。こんなみっともない姿、お見せするわけにはいきませんもの」

何故かふーっと長い息を吐き出すアルフレートに、レティシアは言葉を重ねる。

「そもそも、私みたいな落ちこぼれをわざわざ指名してくださる方なんて……」

「レティシア」

静かな声が、遮った。

「全然みっともなくないし、君は落ちこぼれなんかじゃないよ」

どこか怒りを含んだような声にレティシアが戸惑う間にも、胸先にはまた新たな雫がぷっくりと浮かび上がっていく。アルフレートは、指先でそれをちょこんとぬぐい取った。

「あっ」

ただそれだけのことで乳首は即座に反応し、ぷくんと硬くなってしまう。

「参ったな」

アルフレートが、今度は短く息を吐き出す。

「これは俺にとって、ものすごい僥倖だとは思うけど……同時に、今までなかったくらいの試練なのかもしれない」

「……？」

戸惑いつつ首をかしげると、アルフレートはにやりと笑う。

「聖女レティシア。君が落ちこぼれなんかじゃないってこと、俺が証明してあげるよ」

「え……」

「来て」

両方の二の腕が引き寄せられたと思ったら、胸の先に強く口付けられた。

「んっ……」

ちゅうっ……と吸い付き甘く噛み、そして舌先でゆっくりと周囲をなぞる。

「あっ……あぁっ……」

今までで一番執拗だ。

滲んできた新たな雫をなめとって、もっと、というように追いかけて吸い上げる。

ぢゅちゅち、と湿った音が響いた。

「ま、待ってくださ、アルフレート様、やっ……んっ……」

押し寄せる刺激の連続に、声すらこらえられなくなる。両腕を強い力で拘束され、逃れることもできないまま、ひたすらに甘い声を漏らしてしまう。

「レティシア」

ちょん、と赤くなった乳首を下から跳ね上げるように弾き、アルフレートがレティシアを見上げて微笑んだ。息が弾んでいる。

「すごいな。体の奥に……灯がともって、燃え上がっていくみたいだ」

アルフレートの中の精霊の祝福が、うねりを上げて膨らんでいく。

紅蓮(ぐれん)と蒼、そして白銀と褐色。四つの色を伴う光が、彼の周りでぱちぱちと弾けて混ざり合い、さらにぐわんと大きくなる。

「アルフレート……様?」

アルフレート・ヴァリス・レーメルンが、王国始まって以来最強の精霊騎士と謳われる理由。

それは、彼が生まれつき火・水・風・土という四属性の精霊から祝福を受けていることにある。

通常の人間なら一属性。ごく稀に二属性を持つ者が生まれることはあるが、四属性というのは前代未聞である。それはすなわち、アルフレート一人で四つの属性に由来する精霊の歪みに対抗できるということなのだから。

そして今、アルフレートの中でその四属性の精霊の力がぶつかり合って互いに影響を及ぼし合い、さらに大きく膨らんでいく。

「アルフレート様……!?」

陽の光も届かない薄暗い懺悔室が、まばゆい光で満たされていく。

「きゃあっ……!?」

光は二人を包み込み、壁すら突き抜け廊下を駆け抜け、聖堂にまでたどりつく。

他の聖女や騎士たちも、驚いて顔を跳ね上げた。

「これは……」

廊下の片隅にたたずみ懺悔室の様子を窺っていた聖殿長・エデルガルドが一人つぶやく。

「レティシア、あなたの力は……」

二人きりの懺悔室。

レティシアはアルフレートに抱きしめられ、まばゆい光のただ中にいる。

半分意識を失ったその体を、アルフレートは慈しむように抱きしめた。

「絶対に、俺が証明してみせる」

つぶやく声も、光の中に包み込まれる。

＊

祈りの聖女としてのレティシアの初仕事は、それまで商家の子息だと思っていた精霊騎士隊長・アルフレートと、怒涛の勢いの中に終了した。

秘密を知れば、アルフレートは軽蔑して部屋を出ていってしまうだろう。しかしそんな予想とは真逆に、彼はむしろ執拗にレティシアの雫を求めてきた。

儀式後、アルフレートは気を失ったレティシアの身をエデルガルドに預け、本当にその日の夜には南の前線へと発ってしまったという。

他の精霊騎士たちも慌ててその後を追い、聖なる儀式は一段落。

聖殿は、つかのまの日常に戻った。

しかし聖女たちに休みはない。聖堂に集まり、毎日のように朝昼晩と国中の平穏を祈るのだ。

「あなたも皆と共に祈りなさい」

この五年間、レティシアは倉庫の片隅や屋根裏など、誰もいない場所を探して一人でそっと祈りを捧げていた。

しかしあの日を境にエデルガルドは、レティシアも聖堂に呼び入れるようになったのだ。

「レティシアも聖女だったのね。知らなかったわ」

「どうして今まで、一緒にお祈りをしていなかったの？」

朝食の片づけをしていると、年下の聖女たちが無邪気に尋ねてきた。

「もしかして、最近になって聖女の力が発現したとか？」

聖殿には、現在レティシアを含めて十人の現役聖女と、力を発現させる前の少女が七人暮らしている。王国中から集められたこの十七人が、貴重な祈りの聖女なのである。

珍しい力を持つとはいえ、普段はごく普通のおしゃべり好きの女の子たちだ。好奇心をたたえた目で無邪気に問われ、レティシアが答えに窮していると。

「レティシアの力はまだ不安定なのです。だけど何があっても毎日の祈りを欠かさない。あなたたちも見習うべきですよ」

背後から、しっかりした声が代わりに返してくれた。

「喋（しゃべ）っていないで手を動かしなさい。終わったら今日は護符の製作作業です」

聖殿長・エデルガルドの登場に少女たちはぴっと背筋を伸ばし、慌てたように食器を重ねてトレイに乗せる。

「レティシア」

エデルガルドはレティシアを振り返った。

「私の部屋にいらっしゃい。話があります」


聖殿長の部屋に入ると、レティシアは自然と緊張してしまう。

前の聖殿長に出ていけとなじられたのも、下働きとして残ることをエデルガルドに懇願したのも、この部屋でのことだったからだ。

「体調に変化はありませんか」

淡々とした口調でエデルガルドは尋ねる。

もうすぐ三十代の後半になるというが、切れ長の瞳はいっそう理知的で、ウィンプルの下の亜麻色の髪は艶やかに豊かだ。そして何より、静謐（せいひつ）な空気をまとった佇まいは凛と美しい。

「はい、ありがとうございます」

「先日は急な儀式への対応、ご苦労様」

整頓された机の上の資料に目を向けながら、エデルガルドは続けた。

「貴族院からも、アルフレート殿下が大変満足されていると報告がありました」

「そうですか。よかったです」

「聖女を指名することは通常禁じているのですが、今回は特例ということになります」

エデルガルドは、ふっと小さく息を吐く。

祈りの儀式の組み合わせは、本来とても繊細なものだ。

精霊騎士の有する祝福の属性から判断して、聖殿長が最適な聖女を選び出す。聖女が希少なこともあり、騎士の希望などをいちいち聞くことはできないのだ。

アルフレートのそれが通ったのは、まさに特別措置である。

王太子・アルフレートが聖殿を利用すること自体が、貴族院の悲願であったからだ。

祈りの聖殿は、上位貴族の家長により構成される貴族院の管轄下にある。

貴族院にとっては、次期国王で史上最強の騎士・アルフレートが利用することで聖殿に確固たる箔をつけることができる。また、様々な局面で対立することが多い王族と貴族院の両陣営にとっても、アルフレートの聖殿利用は友好関係を維持するために必須だったのだ。

そんな中、アルフレートが初めて聖殿の利用を希望したのである。ただし、聖女の指名という条件を付けて。

アルフレートの要望を受け入れるように貴族院から聖殿長へ指示があったらしいと、あの儀式の後、管理官たちが噂話をしているのをレティシアも耳に挟んでいた。

（私には、難しいことはよく分からないけれど）

きっと色々な思惑が、アルフレートの周囲には渦巻いているに違いない。

要するに、自分とは住む世界が違うということだ。

(やっぱり聖殿長は、私に下働きに戻るように言うのかもしれない)

先回りして、レティシアは覚悟した。

エデルガルドは日々貴族院から課せられる無理難題にも毅然と対応し、祈りの聖殿の地位をたった一人で守り続けているのだ。その上貴族院とアルフレートの板挟みになどさせる訳にはいかない。

エデルガルドを困らせたくはない。

自分にも他人にも厳しいと幼い聖女たちからは恐れられているけれど、聖殿長として彼女が背負うものの大きさを、下働きも経験したレティシアは少しは分かっているつもりだった。

「おそらくこれからも、アルフレート殿下はあなたの儀式を所望するでしょう。用意をしておきなさい」

だからエデルガルドがそう告げた時、思わず返事に詰まってしまった。

「聖女は体調管理も大切です。下働きの仕事はもうしなくて構いません。引継ぎをしなさい」

「でも、エデルガルド様。アルフレート殿下は儀式など必要ないくらいに無尽蔵な力をお持ちです。それに、儀式ができる聖女なら、私の他にも」

「これは、貴族院からの強制ではありません。私の考えです」

エデルガルドは、目を丸くするレティシアをひたと見つめた。

「殿下とあなたの力は、これ以上ないほどの親和性を持っています。殿下の力を最大限に引き出せるのは、あなたの雫だけでしょう」

レティシアは一度瞬きをした。

先日の儀式の最後、大きな力に包まれたような感覚がして気を失ってしまった。自分が未熟なせいだと思っていたが、あれは異例のことだったのか。

「だけど、あなたの雫の発現方法はやや特殊です。もしも儀式をすることが耐えがたいというのなら、断っても構いません」

レティシアは顔を跳ね上げた。

表情を変えることなく、エデルガルドはこちらを見つめてくる。

――聖女であることこそが、あなたたちの生まれてきた意味。

聖殿に連れて来られた幼い頃から、見習い聖女たちはそう言い聞かせられ育てられる。

――精霊騎士に力を与えて国を救う。神聖な儀式を拒むことなどあってはなりません。

（エデルガルド様）

そんな聖殿の教えに逆らってまでも、レティシアの気持ちを慮ってくれるのか。

厳格な聖殿長。しかし行く当てのないレティシアがここに残ることを許してくれたばかりか、その特殊な体質を貴族院や他の聖女たちに漏らすようなことは決してなかった。

レティシアがこの五年間も毎日の祈りを欠かしていないことにも、気付いていてくれていた人だ。

「ありがとうございます。だけど私は、自分の力が少しでもお役に立つのなら、それを捧げることに少しの躊躇もありません」

あの日の儀式を思い出すと、今でも鼓動が速まってしまうのは事実である。

腕を引き寄せる強い力。胸に当てられた唇。吸いとられていくような感触。

それらがいちどきにこみ上げて、声を上げそうになってしまう。

だけど、それが嫌悪なのかと問われると、迷いなく違うと言い切れるのだ。

エデルガルドはしばらくレティシアの顔を見つめ、それから頷いた。

「分かりました。だけどレティシア」

「はい」

「殿下に、特別な想いを抱いてはいけませんよ」

「え……」

「覚悟なく踏み込めば、傷つくことになります」

ほんの一瞬、エデルガルドの表情が切なげに揺れたような気がした。

「そんな、そんなこと、あるはずが……」

その時、とんとんとん、と部屋の戸が急いたように叩かれた。入ってきたのは聖殿長の補佐を担当する管理官である。

「お話し中失礼いたします、聖殿長」

「構いません。どうかしましたか」

「じきに精霊騎士隊が帰還すると連絡が入りました。至急、儀式の準備をしてほしいと」

レティシアは目を丸くする。

前回の儀式の後、精霊騎士隊が前線に発ってから、まだ三日しか経っていないのに。

「分かりました。それでは他の聖女たちにも準備をするように知らせなさい」

エデルガルドは冷静に返したが、管理官はレティシアに視線をやると、戸惑いながら続けた。

「それが、今回の『歪み』は、たった一人の精霊騎士……総指揮隊長、アルフレート・ヴァリス・レーメルン殿下によって、ただの一日で解消されたということです。他の精霊騎士たちは、力を使う隙すらなかったとのこと。怪我人も出なかった様子です」

レティシアだけでなく、エデルガルドも目を瞠る。

「ただし、さすがのアルフレート殿下も力を使い果たして疲弊しているということです。彼はただちに祈りの聖女、レティシアによる祈りの儀式を希望しています」

――君が落ちこぼれなんかじゃないってこと、俺が証明してみせるよ。

不敵に宣言する声が、耳元で聞こえたような気がした。


その日を境に、レーメルン王国精霊騎士隊創設以来の快進撃が始まった。

いや、それはアルフレート・ヴァリス・レーメルン総指揮隊長の快進撃と言った方がいいかもしれない。

アルフレートは祈りの儀式で精霊の祝福を回復すると、その日の夜には王都を発ち、歪みの報告がある前線へと向かっていく。

今回は北部、次は南部、そして西部へと思えばまた南部。向かう先々で人々を苦しめる歪みを一掃しては王都へと取って返し、使い果たした祝福を儀式で回復させる。そしてまた翌日には、別の前線へと出発するのだ。

指名するのは毎回必ず聖女レティシア。一度としてそれが変わったことはない。

「アルフレート隊長の活躍は、見事としか言いようがない。今までもすごい人だと思っていたけれど、あれはまさに史上最強の名にふさわしいな」

　聖堂の裏手へ水汲み(みずく)に出たレティシアの耳に、精霊騎士たちの話し声が聞こえてきた。

「西部で、動物たちが一斉に魔物化したんだ。まずは草食獣、それから肉食獣が。体がどす黒く肥大して、人間に襲い掛かってくる。みんなが魔物への対応に追われる中、アルフレート様だけは、原因が地面の歪みにあると見抜いたんだよ。調べてみたら案の定、土が歪んで毒になって、森の植物を歪ませていたんだ。どうしてそんなことが分かったのか聞いたら、『だって草食獣から先に歪みが出ただろう』って当たり前みたいにさ。格好いいよな」

　騎士たちは、そろってほうっと吐息を漏らす。

「北部を流れる川が、上流から下流まで一気に凍り付いてしまった歪みへの対応もすごかった。街道も畑も家までも、凍った川にどんどん侵食されてしまったんだ。もうあとは人間も凍り付くしかないと思っていたところに颯爽(さっそう)と登場したのがアルフレート隊長だよ。火の属性を掌に集めて、川に流し込んだんだ。一気に溶かすと洪水になるっていうんで、最小出力に制御する代わりにまる一晩ぶっ続けで、じわじわと蒸発させていったんだ。朝が来る頃には春も来ていたよ」

「そう言えば、俺もこないだ南の前線で隊長と一緒だったんだけどさ。隊長が、土属性で巨大な防御壁を作り出して村一つを覆っちまった話。したっけ？」

興奮した騎士たちの報告は、さらにとどまるところを知らない。

その興奮をまるごと受け継いできたレティシアは、騎士たちが話していた様子を身振り手振りでアルフレートに報告した。

「みんな大げさに言うからさ。噂に尾びれが付くってやつだよ」

柔らかなクッションを敷き詰めた椅子にもたれたアルフレートは、照れくさそうに肩をすくめる。

「でも、そもそも元になる事実がないと、尾びれだって付きようがありませんよね？ お話を半分にしたとしても、素晴らしい功績だと思います。アルフレート様は、本当に立派な方です」

力いっぱい断言したレティシアに、アルフレートは一度瞬きをして、悪戯っぽい表情を浮かべた。

「君がそんなに褒めてくれるならそれでいいや。それに、今日もたくさんご褒美をくれるんだよね？」

甘い揶揄いを向けられて、結局レティシアの方が赤くなってしまうのだけれど。

アルフレートとレティシアの祈りの儀式は、ほんのひと月弱の間で通算五回に至っていた。

今日も一度目と同じ部屋で、前線から帰還したばかりのアルフレートと向き合っている。聖殿で最も防音性に優れたこの部屋が、結局一番都合がいい。レティシアがそう主張したので、今でもここを使っているのだ。

しかし、もはや部屋の扉には「懺悔室」の札はない。いつの間にか外されていた。

さらに部屋の中は、アルフレートの指示で居心地よく整えられてしまっている。

全体は清潔に掃除され、埃の一つも落ちていない。

くすんでいた小窓はぴかぴかなものに入れ替えられ、硬い椅子には柔らかなクッションが大量に敷き詰められてベッドのようになっている。更に追加で運び込まれたテーブルには白いクロスが掛けられて、香り高い茶の満ちたポットとカップ、焼き菓子までが用意されていた。

「今のところ、俺はここでしか君に会えないんだからさ。貴重な時間を過ごすんだ、せめて少しでも居心地よくしたいと思うのは当然だろ？」

アルフレートの平然とした表情に、彼が生まれながらの王族であることを思い知らされてしまう。

だけどこんな好き勝手をして、本当に許されるのだろうか。貴族院は何も言わないのだろうか。エデルガルドをどうやって説得したのだろうかなどと、レティシアはハラハラするばかりだ。

「明日もまた、前線に発つのですか？」

「ああ。今度は西部で竜巻が立て続けに発生して、村の人を怖がらせているらしいんだ。あそこは高い山が海からの風を元々遮っているから、山頂のどこかに歪みが起きているんだと思う。種蒔き（たねま）の前に解消しておきたいからね」

こともなげに言ってのけるが、アルフレートはこのところ、王都に二日連続で滞在することすらないはずだ。

各地の歪みを解消して、戻ってきてはレティシアを指名して儀式を行い、力を補填しては翌日すぐにまた他の前線に向かう。その目まぐるしい繰り返しだ。

「さすがに疲れてしまいませんか？　少し休まれてはどうでしょう」

「休んでたら、精霊の祝福が減らないだろう？」

おかしなことを言うものだ。減らないなら、それに越したことはないではないか。

「さっさと力を使い果たして、君に補充してもらう。そうすれば、俺はいくらでも歪みを征伐できるんだ。俺があまりに精力的に仕事を回すものだから、貴族院はひどく喜んでいるよ」

アルフレートの口調がなぜか皮肉を含んだように聞こえるのが気にはなりつつも、レティシアはほうっと息を吐き出した。

「そうなんですか……？　それはよかったです」

アルフレートが力を発揮し、困っている人たちを救う。

喜ぶ人が、救われる人がさぞかしたくさんいることだろう。そのことに、自分がほんの少しでも役に立っているのだとしたら。

それは、レティシアにとって胸が詰まるような喜びなのだ。

「よかった、本当に……とっても嬉しいです」

アルフレートを見上げて、笑みを浮かべてつぶやいた。

そんなレティシアをじっと見つめて、アルフレートはふっとため息をつく。

「君を見ていると、自分がどれだけ薄汚れているか思い知らされるな」

「え……？」

「いや、なんでもない。ほらおいで、レティシア」

軽く笑うとアルフレートは、レティシアと指を絡めるように手を繋（つな）いだ。

「分かるだろ？　俺の中の精霊の祝福は、またもすっからかんになっている。今歪みに襲われたら、ひとたまりもない」

「怖いこと、おっしゃらないでください」

「だけど、俺には君がいる。君の雫を取り込めば力はすぐに満たされる。いや、それどころじゃない。儀式のたびに、祝福の質がどんどん上がっていくのが分かるんだ」

胸の奥が、きゅっと鳴った。

アルフレートはそんなレティシアの手を取ると、自分の膝の上にぽすんと横向きに座らせる。

レティシアは、祈りの言葉を口ずさみ始めた。

言葉にできない感情が生まれるたびに、祈りがあってよかったと思ってしまう。祈りの言葉を詠唱している間は、気持ちを言葉にしなくて済むのだから。

（そんなことで祈りに感謝を捧げるなんて、なんだかとても罪深いわ）

そっと聖衣の前を開くと、ぽろりと胸がこぼれ落ちる。

アルフレートの視線をむき出しの素肌に感じながら、レティシアは両方の瞳を閉じた。

祈りの雫を捧げる時は、アルフレートの膝に座ること。

そう提案されたのは、三回目の儀式の時だっただろうか。

「この姿勢が、一番お互いしっくりくるだろう？」

アルフレートはそう言うけれど、レティシアにはよく分からない。どんな姿勢でも何度繰り返しても、変わることがないのはただただとっても恥ずかしいということだ。

特にこの位置だと、密着するようにアルフレートの腕の中に閉じ込められ、逃げ場をなくしてしまうみたいで。

むき出しの白い胸を、アルフレートが下からそっと持ち上げる。掌の中で軽く何度か弾ませながら、ぽよんぽよんと揺れる様子をじっと見つめている。

「あ、遊ばないでください……」

「ああごめん。何回見ても飽きなくてさ」

悪びれずに笑いながらつんつんと先端をつつかれたと思ったら、すぐにぷっくり勃ち上がったそこに唇を寄せられた。

「んっ……」

自然に声が漏れてしまう。

今日こそは我慢しようと思っていたのに。

おかしな声なんて絶対にこらえてみせると、祈りに集中してみせると決めていたのに。

片方の乳首を舌先でぴんっと弾かれると、すぐにじわじわと先端から、透明な液体がにじんできてしまう。

「あっ、ああっ……」

アルフレートはそれをそっと舐めながら、反対側の乳首も指先でこちょこちょとくすぐった。

「いいよ、声を我慢しないで」

「だめ、です……これは、儀式なんですもの」

神聖な儀式なのだ。

変な声は、やはりどうにかして押さえなくてはいけない。

「そう？　じゃあ頑張って我慢して」

あっさり意見をひるがえして、今度は揶揄うように耳元で囁かれる。

「ほら、下唇を噛むのも禁止」

唇をそっとなぞられながら、視線を合わせられる。息が上がったレティシアをしばらくじっと見つめた後、アルフレートは胸の先に吸い付いた。

「参ったな。そうなるだろうと思っていたけど予想よりずっと早く、色々と危なっかしくなってきてる」

「な、にが……ですか……？　んっ……」

「いや、俺自身の問題」

答えにならない答えを返し、アルフレートは上下の前歯でレティシアの小さな乳首を挟み、ちろちろとなぞった。

「ああ、満ちてくる」

見下ろすと、自分の胸に口を寄せるアルフレートの姿が見える。あまりにも非現実的なその光景は、何度儀式を繰り返しても少しも慣れない。ただただ、混乱してしまう。

「俺がいない間、他の騎士に儀式をしたりしていないよね？」

「そんな、暇……ありません……。アルフレート様、が、すぐ戻っていらっしゃるし……」

実際、アルフレートほどの頻度で聖殿を訪れる精霊騎士は他にいない。

彼ほど力を使っている者もいないので当然だが、今やアルフレートは、ほんの少し前まで一度も聖殿を使っていなかったとは信じられないほどの常連ぶりを更新し続けているのである。

「ならよかった。寝ずに馬を走らせて戻ってきた甲斐があったよ。貴族院には、君を俺の専属聖女にするように何度も申し入れているんだけど、さすがにそういう前例はないと、渋られているところなんだよね」

「専属聖女……？」

ぷつり、と乳首から唇が離れ、レティシアは体を震わせる。

「でも必ずどうにかするから。だから、俺がいない時に万が一他の騎士から儀式を求められたとしても、絶対に断って」

まるでそうするのが当たり前だと言うように、アルフレートはレティシアに命じる。

これも彼が王族だからだろうか。だからと言って、何でも通せるわけではない。

「無理です。儀式をお断りするなんて、そのような振る舞いは考えられません」

「なぜ」

アルフレートの身体を押し返して、レティシアは力強く首を振った。

「当然でしょう？　聖女としての務めを果たさなくてはいけないからです。もしもそこに祈りを求める方がいたら。聖殿長から祈りを捧げるようにと命じられたら。私は必ず、雫を捧げます」

「俺が、絶対嫌だって言っても？」

アルフレートが、じっと見つめてくる。

切ないような苦しいような感情をまっすぐに乗せ、レティシアを視線でとらえようとする。

（アルフレート様は、ずるいひと）

「それが、祈りの聖女です」

それでも首を横に振ると、アルフレートはふっと息を吐き出した。

「……分かった。レティシアはそういう子だよね」

それから、唇の端を持ち上げた。

「じゃあ俺は、もっと早く力を使い果たして帰ってくる。誰よりも結果を出して、君を独占する大義名分を、何度でも繰り返し得るよ」

アルフレートのブルーグレイの瞳は、奥の方で濃い青と黒の粒が混ざったような複雑な色彩をしているのだとレティシアは気付いた。黒と青が掛け合わさって、光を細かく乱反射する。

——殿下に、特別な想いを抱いてはいけませんよ。

不意にエデルガルドの言葉を思い出し、レティシアは身をすくませた。

（どうして聖殿長はあんなことを）

そんなはずがないのに。

（アルフレート様は、精霊騎士隊隊長で王太子殿下。とても優しい方だから、私の雫の力を信じて重用してくださっている。私はただの落ちこぼれ聖女。それだけなのに）

急いで祈りの言葉を口ずさむレティシアの身体をアルフレートはさらに抱き寄せて、胸に強く吸い付いた。ぢゅち、と大きな音が響く。

「あっ、あっ、ああっ……」

さらに胸は下から持ち上げられ、ふにふにと揉まれ始める。

アルフレートの手は指が長くて大きくて、だけどとっても優しく動く。

レティシアの胸に、まるで繊細な宝物を扱うように触れて、ゆっくりとほぐしていくのだ。

彼に触れられていると、自分の肌が今まで知らなかった感覚に目覚めていくのが分かる。

アルフレートの力を補填するための、儀式にすぎないはずなのに。

これ以上、何かを感じてはいけないのに。

駄目なのに。抑え込まなくてはいけないのに。

「あっ……んっ……あっ、は、っ……アルフ、レート様……」

「うん、もっと出して、レティシア」

「んっ……アルフレート様、あ、っ……んっ……んんっ……！」

（ああ、いけないって分かっているのに）

とろけそうな感覚の中、アルフレートのシャツを必死で掴みながら、レティシアはぼんやりと意識を辿る。

（これは、神聖な儀式なのに）

いつもこうやって、アルフレートにしがみついて訳が分からなくなってしまう。

そのことがとても恥ずかしくて、もどかしくって、そして無性に怖くなるのだ。


日々はそのように、ささやかな変化をはらみながら過ぎていった。

アルフレートは王国中の歪みを解消し、王都に取って返すとレティシアを指名する。

儀式は回数を重ねるごとに長くなり、数時間に及ぶことすらあった。

レティシアはその間ずっと胸の先を舐められて、優しく時に強く吸われ続けるのだ。

小さな胸の先端は熱を帯び、ぷっくりと膨らんで濡れて光り、アルフレートの舌の先で、くにくにともどかしげに身じろぎをする。その様子を見ていると、体中の血液がくつくつと音を立てているような恥ずかしさがこみ上げる。

しかし恥ずかしいと訴えると、アルフレートはむしろ嬉しそうな顔になり、さらに執拗に乳首を甘く噛んでみせたりするのである。

今回こそは、次こそはと決意して臨むのに、毎回レティシアは儀式の最中、何度も何度も意識を飛ばす。そのたびにアルフレートに揺り動かされ、最後は彼にしがみついたまま、嬌声(きょうせい)を上げつつ儀式を終えるのだ。


聖女・レティシアの身の上に起きた大きな変化。

それは、俗世間から切り離され、静謐さの中にたたずんできた祈りの聖殿自体にすらも、やがて影響を及ぼしていくことになる。


レティシアは、厨房の隣にある小部屋で寝起きをしている。

力を発現させるまでは他の聖女や見習い聖女たちと同様に宿舎で共同生活を送っていたのだが、聖女としての活動が難しいと判断された五年前、自ら望んで移ったのである。

倉庫を兼ねたその部屋なら、朝食の仕込みをするのにも便利だし、裏の畑にもすぐ出られる。

北向きのため冬は寒く、夏は湿気が厄介だ。薄暗く隙間風も気になる。しかしこまめに掃除をして見よう見まねで補修をすればそれなりに居心地よく整えられたし、身の丈に合った暮らしをしている安心感もあったのだ。

しかしその日、エデルガルドに命じられて荷物をまとめたレティシアが連れていかれたのは、聖女の宿舎の最上階で最も明るく広い、南に面した個室のひとつだった。

「ここ、ですか……?」

絶句してしまう。

見習い聖女たちは年齢ごとに大部屋で共同生活を送るが、聖女として儀式を行うようになると、個室を与えられる。その中でもここは、聖女たちの憧れの部屋なのだ。

半年前に聖女の一人が聖殿を卒業してからというもの、空き部屋になっていたのだが。

「すごいわ、レティシア。この部屋が使えるなんて」

「いいな、いいな。遊びに来てもいい?」

見習い聖女たちが、頬を紅潮させて部屋を覗き込んでくる。

ベッドは足を悠々と伸ばせる広さがあり、書き物をする机のみならずお茶を飲むためのテーブルセットまでそろっている。書棚には歴代の聖女が残した本も並んでいて、壁紙は小さなブーケの模様。女の子なら、みんなが胸をときめかせてしまうような部屋なのだ。

「遊ぶための部屋ではありませんよ。レティシア、あなたは最近、儀式後の消耗が著しいように見受けられます。休む時はしっかり休み、体力を回復するのです」

いつもと同じ口調で諭した後、エデルガルドは入り口に集まった聖女たちに目を転じた。

「あなたたち、何をしているの。午後の作業が始まりますよ。今日は忙しいから覚悟していなさい」

肩を落とした彼女たちに、エデルガルドは淡々と続けた。

「アルフレート精霊騎士隊総指揮隊長が、大量の果物を差し入れてくださったのです。あまりに大量なので、一刻も早くジャムにしないといけません。厨房の作業台に乗りきらないほどありますからね」

少女たちは顔を見合わせ歓声を上げると、階段を駆け下りていく。

ささやかな荷物をおずおずと机に置き、レティシアは部屋を見渡した。

心地よい風が吹き抜けて、厨房脇と同じ建物とは思えないほど居心地がいい。

「荷物を整理したら、あなたも下りていらっしゃい」

部屋を出ていこうとするエデルガルドに、レティシアは慌てて声をかけた。

「エデルガルド様、私はやっぱり、こんな部屋をいただくわけにはいきません」

おずおずと両手を握りしめ、首を横に振る。

「私はまだ聖女としての実績も浅いし、もっと長いこと務めを果たしている聖女はいます。こんな場所を私なんかがいただくいわれはありません」

　先ほども、素直にレティシアの幸運を喜ぶ見習い聖女たちの隣で、現役の聖女たちの一部が複雑な表情を浮かべていたことにレティシアは気付いていた。

「あなたの最近の儀式回数は抜きんでています。それはみんな納得していること。休養も仕事の一環です」

「だけど」

「あなたがこの部屋を使うことは、アルフレート殿下からの指示でもあるのです」

　レティシアは目を丸くする。

「それならなおさら、そんな特別措置の恩恵を受ける訳には」

「殿下は、この宿舎全体の老朽化にも言及し、多額の寄付を投じてくださいました。まだみんなには伝えていませんが、この部屋だけではなく、他の聖女の部屋にも同様の設備が手配される予定です」

　驚いて、レティシアは数回瞬きをした。そんな様子をじっと見つめて、エデルガルドはつぶやいた。

「レティシア、もしかしたらあなたの力は特別なのかもしれませんね」

「え……？」

「なぜ私たちが祈りの属性を持って生まれたのか、不思議に思ったことはありませんか」

エデルガルドの視線が、部屋の奥で開かれた窓に向けられた。

この部屋が個室の中でも一番人気な理由がそこにある。カーテンが揺れる窓の向こう、青い空の下にそびえるこの王国の王城が、とてもよく見えるのだ。

白く美しいその姿は、まるで一枚の絵画のようである。

「あなたの力の発現場所が特殊なことも含めて、まだ聖女については分からないことばかり。私はずっと、知る術はないかと考えていました」

エデルガルドはレティシアを見た。

「もしかして、あなたなら……」

「エデルガルド様？」

エデルガルドはハッと気づいたように、背筋を伸ばして背中を向けた。

「なんでもありません。先に行っていますので、あなたも荷物を置いたらいらっしゃい」

一人残された部屋の中で、レティシアはそっとため息をつく。

自分の力が特別なんて、そんなはずはないと思う。

特異だとは思う。だけどそれは、やっぱり落ちこぼれという意味だ。

（だって私は……このまま聖女を名乗っていいのかすらも、分からないのに）

実は最近のレティシアには、密かな悩みごとがあるのだ。

自分にとってはひどく深刻な問題だ。しかしこればかりは、エデルガルドにも打ち明けることができそうにない。

（どうしたら、いいのかしら……）

青空の下に美しくそびえる王城が、あまりにもまぶしく感じられる。

＊

「アルフレート様、特別な計らいはご遠慮いたします」

その日の夕方、アルフレートの儀式のためにレティシアはまたも召喚された。

懺悔室に入るや早速宣言したレティシアに、アルフレートはしれっとした顔を向ける。

「特別なこと？　ああ、部屋の話？　へえ、意外と早く対応してくれたんだな」

むしろ満足げな様子だ。

「だって、君が厨房の隣で寝起きしているって聞いたからさ。それに、未だに時間があれば下働きの手伝いをしていたりするんだって？」

悪びれず、アルフレートはクッションに背を預けて長い脚を組みかえた。

西部の海岸で発生していた砂嵐を、一晩かけて風と水の属性で抑え込んできたという。しかしそんな疲れはおくびにも出さずに、相変わらずけろりとした顔だ。

「そんなこと、誰に聞いたのですか?」

「聖殿の下働きの人から、うちの騎士隊員が」

悪びれることなく言い放った。

「調べさせたりしないでください！」

「だって、君が話してくれないからさ」

そろえた膝に両手を乗せてレティシアがじっと睨んでも、アルフレートはどこ吹く風といった顔だ。むしろこちらを流し目で見つめてくる視線は甘く、レティシアの頬を熱くさせる始末である。

「特別なことをされては困ってしまいます。私よりずっと頑張っている、他の聖女たちにも失礼です」

「だから、みんなにもいろいろ差し入れしているだろう」

「それはありがとうございます」

レティシアは素直にお礼を伝える。

ジャム作りは楽しかった。アルフレートが差し入れてくれた果物は予想を超えた量があり、聖女たちも見習いたちも総出で下処理をし、鍋でぐつぐつと煮込み、瓶に詰めていったのだ。

「孤児院や養老院に配りますが、あれだけあれば街の人々にもだいぶいきわたると思います。みんなの喜ぶ顔を想像すると嬉しいです」

レティシアは笑顔になったが、アルフレートは眉を寄せた。

「ちゃんと君たちにも食べてほしいな。そのために贈ったんだから」

「もちろんです。一番大きな瓶を一つ、みんなで選びました。朝食のパンに付けて食べるのが楽しみです」

それでもアルフレートは不満げだ。

「食事も部屋も、聖女だってもっと楽しみのある生活を送るべきだと俺は思っているんだ。聖殿から出られない生活を送ってるのだって、そもそもおかしいだろう」

初めてこの聖殿に連れて来られてから今までずっと、聖女とは清貧であるべきと教えられてきた。精霊の祈りを司る聖女は神聖な存在であるべきで、俗世間に触れたり欲を抱いてはいけないと。

「むやみに外の世界に触れては、祈りの力が弱まってしまいますから」

「まさか。そんなことを言ったら俺なんて、三日おきに歪みにまみれているよ。だけど、一時的な枯渇こそあれ精霊の祝福そのものが弱まったことなんて一度もない」

それどころか、君の雫を取り込めば質も量も高まるばかりだ、とアルフレートは続けた。

「君だって、孤児院で楽しそうにしていたじゃないか。精霊の祝福はみんなが当たり前に持っているのに、ここまで行動を制約されているのなんて聖女だけだ。そんなのおかしいだろう」

レティシアは、ゆっくりと瞬きをした。

今まで、そんなことを考えたこともなかったのだ。

聖女とは、清廉で潔癖でなくてはいけないと思い込んでいた。しかし確かに一体誰が、そのようなことを決めたのだろうか。

――私たちは、聖女のことを何も知らない。

もしかしたら、エデルガルドも疑問を抱いているのだろうか。

「世俗から切り離した方が神格化しやすい。群衆も聖女も無垢なぶん、管理しやすくもなるだろう。だけど貴族院がそんな理由で君たちの自由を奪ってきたとしたら、俺は許さない」

アルフレートは、毅然とした表情で椅子の肘置きに肘をついて言い切った。

この人は、ただ希望を通しているのではない。レティシアが及ばない視点から、聖女たちのことを考えてくれているのだ。

「ありがとうございます」

アルフレートは、ハッとしたように顔を上げた。

「聖女たちみんなの待遇のことまで考えてくださるなんて、とても心強いです」

「純粋に礼を言われると複雑だけど……まあいいか。このことは、もう少し調べてみるよ」

最後の方は独り言のように流して、アルフレートは笑顔を浮かべた。

「それじゃ、今日も『祈りの雫』いいかな。もう力が空っぽなんだよね」

いそいそとクッションを並べ、レティシアに手を差し伸べてくる。

「そのことなのですが、アルフレート様」

レティシアは、緊張しつつ口を開いた。

「今後、私との儀式の回数は、減らしていただけませんでしょうか」

アルフレートの瞳から、いっさいの光が消えた。


「どうして？　誰かに何か言われた？」

しばらくの沈黙の後、アルフレートは静かに問う。

声が、いや、彼を取り巻く精霊の力が、一気に強張(こわば)っていくようだ。

ぱきり、と柱の一つが音を立てた。部屋の空気が急速に冷え込んだせいだろう。

「そんなことはありません。聖殿長にも、きちんと務めを果たすようにと言われております」

「じゃあなんで」

一呼吸おいて、アルフレートは表情をさらに消した。

ピシピシピシ、と空気が凍り付いていく。窓は閉ざされているというのに、カーテンが風をはらんで膨らんだ。

「もしかして、君にとって特別な騎士でも現れた？　……他の男って意味だけど」

静かだが、地の底から響いてくるような声だ。

アルフレートの言葉に合わせて、足元が波打つ感覚がした。

「まさか。私は他の騎士様と、顔を合わせることすらありません」

慌ててかぶりを振ると、張りつめていた空気がほんの少しだけ緩んだ。はあっと息を吐き出して、アルフレートは髪をかき上げると椅子の背もたれに身を預ける。

「悪かった。無理をさせていたんだね。最近やや調子に乗っていた自覚はある。ごめん。それじゃあこうしよう。今まで一度の儀式を三時間ぶっ続けてやっていたけれど、今後は一時間ごとに三十分の休憩を挟む。その間はここで俺とお茶でもしようよ。それでどう？」

「そんなの、余計……いけません」

想像して、レティシアは顔を赤くすると勢いよくかぶりを振った。

（そんなやり方をしたら……きっと、今よりも状況が悪くなってしまう）

「私との儀式をまったくなくしてほしいわけではないのです。例えば三回に一度にしていただき、残りの二回は他の聖女が儀式を行うというのは」

「無理」

最後まで言う前に、鋭く否定された。

「そんな」

「他の聖女の儀式なんか必要ない。それなら、君の頻度に合わせて仕事を減らす」

「アルフレート様！」

孤児院で子供たちとアルが木登り対決をした時、レティシアが子供たちばかりを応援すると言ってアルが拗ねてしまった時があった。あの時と同じように唇を尖らせるアルフレートに、レティシアは呆れた声を荒げる。

「我が儘はやめてください。アルフレート様の活躍を、王国中の人々が望んでいます。お願いです。私なんかより立派な聖女が、他にもたくさんおりますので……」

「ほら、それ」

アルフレートは顔をしかめた。

「また私なんかって言った。俺の聖女は君だけだって伝えているだろう。そういう言い方はやめてくれないか」

「だって」

どうしたらいいのだろう。自分だって、こんなことを言いたいわけではない。

自分の雫によってアルフレートの力が満たされ、歪みが解消され、人々が救われる。それは、レティシアにとっても代えがたい喜びなのだから。

（だけど、このままではどうしたらいいか）

涙目で黙り込んでしまったレティシアの前に、アルフレートは片膝を突く。

「困らせてごめん。だけどレティシア、俺はもう、君の雫がないと力が出せないんだ」

「アルフレート様の力を待っている人がたくさんいます。聖女は私なんか……私じゃなくても」

こめかみを抑えてをほぐしながら、アルフレートは苛立ったように息を吐き出す。

「なんでそんなことを言うんだよ、レティシア。ちゃんと説明してくれ」

「私はやはり、聖女などではないのです。アルフレート様に評価していただけるような、清らかな存在なんかではない。他のみんなにも後ろめたくて……あんな素敵な部屋なんて、いただくような資格もなくて」

レティシアは弱々しく首を振った。ここまでアルフレートに話すつもりではなかったのに。

「何度も言っているだろう、レティシア。君は立派な聖女だ。君の雫ほど俺の力を引き出せるものは他にないのに」

「だって、私の雫は……みんなとは違う場所から出るではないですか。アルフレート様は、それを嫌だと思いませんか？」

「まったくもって！　思わないね‼」

　かぶせるようにアルフレートは叫んだ。

　アルフレートがここまで声を荒げるのを聞いたことはない。目を丸くするレティシアに、アルフレートは一度咳払(せきばら)いをしてみせる。

「ごめん。でも頼むからレティシア、よく聞いて。そんなの個性だ。いや、最高の資質というか、奇跡というか……こんな素晴らしい能力があっていいのかと……俺は、運命だとすら思ってる」

　両手を左右に大きく広げ、アルフレートは熱弁を繰り出す。

　どうしてそこまでと戸惑うほどの勢いに圧倒されながらも、レティシアは、やっぱり首を横に振るしかない。

「でも、駄目なのです。私は聖女失格で」

「だから、失格じゃないって言ってるだろう。誰かに何か言われたのか？　君がどれだけ俺の聖女として適格か、そいつに思い知らせてやる。どこのどいつ？　二度と君に接触できないようにしてやるから速やかに教えて」

「違うのです。変なことを言わないでください」

「変なことを言っているのは君だろう」

「そうです、私は最近、おかしいのです！」

今度はレティシアが、大きな声を上げてしまった。

その勢いのままに、言うつもりのなかった真実までがこぼれてしまう。

「最近、アルフレート様との儀式の最中……へ、変な、気持ちになってしまうのです」

アルフレートが、ゆっくりと瞬きをした。

「変な気持ち？」

「……身体の奥が……火照ってしまうような、おかしな気持ちです。抑えようと思っても、全然思うようにならなくて」

(ああ、言ってしまった)

言葉にすればするほどに、頬が熱くなっていく。体中の血液が顔に集まって、くらくらとする。

今度こそ、アルフレートはレティシアを軽蔑するだろう。もう二度と顔を見せてくれることもなくなるに違いない。

恥ずかしさと惨めさと、どうしようもない寂しさで、レティシアの双眸に涙が浮かぶ。

「おかしいのです。初めての感覚です。神聖な行為とは対極にあるもので……儀式の最中も、その後……夜、一人で眠る時にも思い出して、おかしな気持ちになってしまうのです」

「おかしな……？」

「アルフレート様に、雫を捧げる胸の先が、勝手に熱くなってきてしまって」

瞳から盛り上がった熱い涙が、ぱたぱたと膝に落ちていく。あまりにも恥ずかしい告白に、レティシアは声を震わせた。

「雫も出ていないのに、ただもっと、触れていただきたいなどと……思ってしまう。聖女にあるまじき、あさましい想いなのです」

やはり、どんなに取り繕ってもここは懺悔室だった。罪を告白するのにふさわしい……。

「レティシア」

息詰まるような沈黙を越えて、レティシアの両頬が温かな手で包まれる。

驚いて目を上げると、跪いたままのアルフレートが、顔を覗き込んできていた。

さっきまで冷たい緊張感を漂わせていたその目元は、今や隠せぬほどの熱を帯びて朱に染まっている。

「よく聞いて。それは少しも恥ずかしいことじゃない」

「恥ずかしいです！　こんなことまで打ち明けたのですから、もうお許しください。私はやはり聖女失格……いいえ、そもそも聖女ですらなかったのです。神聖な儀式でこんな、あさましい想いを抱くだなんて」

「俺なんて、君の雫を口にする時あさましさまみれだ」

迷いなく言い切られて、レティシアは目を丸くする。

「レティシア、安心してほしい。その反応はちっともおかしいことじゃない。むしろ、極めて正常だ。君はそもそも聖女である以前に女性だろう？　何も問題はない。胸を張っていい」

「だけど」

「それに、君がそういう感情を抱いてくれた方が俺は嬉しい。実際、今ものすごく嬉しいし、浮かれている。……君に補充してもらう力だって、いっそう質が上がると思う」

焦れた息を吐き出したアルフレートが、射るように見つめてくる。

「レティシア、儀式をしよう。もしも不埒(ふらち)な感情が抑えられなくなったら教えてほしい。俺が絶対に、どうにかしてあげるから」

レティシアは、戸惑いながらアルフレートを見上げた。

その日のアルフレートは、今までと比べものにならないくらいに執拗だった。

レティシアの胸の先端は熱を帯び、透明な雫をひっきりなしにあふれさせる。

いつもより雫の量が多い。アルフレートに見つめられるだけで、ぽたりぽたりと膝の上に落ちるほどだ。

それをアルフレートは一滴も漏らさないとでもいうようになめとり、吸い上げ、舌先で弾く。胸全体を揉み、持ち上げ、掌で弾ませて回すようにもてあそぶ。

その行為を、左右交互に時には同時に、何度でも続けていくのである。

「あっ……アルフレートさまっ……」

「ん、声を我慢しないで。レティシア」

「あ、んっ……」

「レティシア、君の雫はやっぱりすごいね。こうしていると、枯渇していた精霊の力がどんどん俺の中に満ちてくるのが分かるよ」

ぴんっと舌先で先端を弾かれ、豊かな胸が大きく弾む。レティシアは嬌声を上げてアルフレートにしがみついた。

すっかり定位置のように膝の上に抱かれているが、いつもの横抱きではない。

いつの間にかアルフレートの膝を両足で挟むように正面を向いて抱きしめられ、胸をいいように吸われ続けているのだ。

聖衣はいつも以上にはだけさせられ、レティシアの真っ白な両肩はむき出しになっていた。申し訳程度に布をまとわせた体の芯が、熱く火照っている。ぐらぐらと茹った鍋を内側に抱えているようで、今にも蓋が落ちて吹きこぼれてしまいそうだ。

「ア、アルフレートさま、駄目です……」

「どんな感じ?」

「熱、くて……たまりませんっ……」

かすかに笑ったアルフレートに、右胸を下から持ち上げられる。

「もう少し詳しく教えてよ。どこが熱い?」

レティシアは、しゃくりあげながらアルフレートを見た。鼻の頭同士が触れるほど近くから、ブルーグレイの瞳が熱を帯びて見つめてくる。

「雫が出るところも、そうなのですが……もっと下の方が、変になります」

「もっと下の方?　ここらへん?」

乱れた聖衣の中にもぐりこんだアルフレートの指が、レティシアのへその下あたりを直接撫でる。

「ふあっ」

レティシアは身をよじらせた。

アルフレートの指先が、優しく緩急を付けながら、くいくいとレティシアの薄い下腹部を押す。ただ指を当てられただけの場所が、みるみる熱くなっていく。

これもアルフレートの力の一環なのだろうか。だとしたら、状況をきちんと説明しないといけない。

儀式は二人で作り上げる、とても神聖なものなのだから。

レティシアは震える唇を必死で湿らせると、しびれた頭を無理やり回転させて、自分の身体について説明できる言葉を探す。

「……もっと、ずっと奥の方が……熱く疼いているようです」

「ここあたり？」

アルフレートの指先が、太ももの内側に触れた。

「っ……!?」

聖衣の下はそのまま素肌だ。アルフレートの膝を挟んで座っていたため、太ももがむき出しになっている。

さらに両脚の奥へと指はゆっくり上がっていき、そして突きあたりに行きついた。

「ああ、こっちも下着をつけていないんだな」

ちょっと無防備すぎるね、と、耳元でアルフレートが囁く。

「お待ちください……アルフレート様、そのような不浄なところに触れてはなりません！」

喘（あえ）ぐように息をついて、レティシアはどうにか訴えるのだが。

「君の身体に不浄なところなんてないし、疼いているんだろう。解消した方がいい」

優しく囁く声と共に耳に息を吹きかけられて、ただただ身を震わせることしかできない。

「ひゃあぅっ……!?」

アルフレートの指先がレティシアの両脚のちょうど中央、ひたりと閉じたその場所を前後に撫でた。その瞬間、動揺と羞恥を一気に覆すような刺激が襲い、レティシアは背をそらせた。

「疼いているのはここ？　特にここが、というところがあったら教えて」

指の腹が当てられた場所が、じんじんと熱い。今までにないほどに、その奥がずくずくと疼いてくる。

「アル、アルフレートさま、だめ、あっ……そんなところ……！」

その場所を、アルフレートの指先が辿る。

ひたりと閉じた部分を撫（な）で上げて、もう一度下がる。

くちくちと何度も繰り返すうちに、その場所は次第に潤んでいく。硬い蕾（つぼみ）が優しい風に吹かれたように、だんだんとほころんでいってしまう。

「あっ……ああっ……んっ……」

ほどけた入り口に、くちりと指先が入ってきた。

浅く埋められた指が、何度か出入りを繰り返す。

くちゅくちゅという音は、どこから聞こえているのだろうか。

やがて、アルフレートは不意に指をそこから抜いた。

ほうっと息を吐き出して緊張を解いたレティシアだが、彼は今度は入り口の上の小さな突起を、とんとんと指の腹で叩いてきた。

びりびりとした刺激が駆け抜ける。

「ああっ……んっ……！」

腰から一気に力が抜けてしまうような感覚にレティシアは喉をそらし、今までにないほどの声を上げた。

「レティシア、おかしいな」

淡々と耳元で告げられた。

「下からも祈りの雫があふれてきているみたいだ。無駄にしたくないから、ちょっと見せてくれる？」

（え……？）

言葉の意味が理解できず、身体も震えて力が入らない。

混乱している間に軽々と抱き上げられ、二人の位置を入れ替えられてしまった。ソファの背もたれに背を預けたレティシアは、ぼんやりとした視線の先にとんでもない光景を見た。

力の入らない自分の両脚がアルフレートによって折り曲げられ、左右に大きく割り広げられようとしている。

「っ……!?」

息を吸い込んだ。吐き出し方も分からないほどに動揺する。

(えっ!? うそ。なにを……!?)

聖衣のはだけたレティシアの両脚の奥を、アルフレートがじっと見つめているのだ。

そんな、場所を、見られている。

自分でもきちんと見たことがない、どこよりも何よりも秘すべき場所を。

「お、お待ちくださ、な、なな、なにを……何をなさっているのですか!?」

「やっぱりここからあふれてきているみたいだね。この突起も可哀想(かわいそう)に、赤くなってる」

混乱するレティシアを意に介さず、アルフレートは更に信じられない行為に出た。

レティシアの秘所に両手の指先を当てると、左右に開いたのである。

くちりと音がして、冷たい空気にその場所が晒される。それはすなわち、彼の視線の中に、隠すことができないほどにその奥が、奥までが……。

「や、めてください。駄目です。お願いです。駄目……アルフレートさま！」

ほとんど悲鳴のような声で、レティシアは叫んだ。

「大丈夫だよ、レティシア。これはちゃんとした儀式の一環なんだから」

一度身を起こして、アルフレートはレティシアを見下ろす。どこか追い立ててくるかのように笑った。

「ああ、やっぱり。奥からどんどんあふれてきている」

「うそ。そんな、そんなところからも、私は雫を出しているのですか？　そんなの、そんなのって……」

胸の先からでも耐えがたかった。やっと最近どうにか慣れてきたというのに、更にそんな、あんまりな場所からも……。

息すらしがたいほどの衝撃と羞恥に、レティシアはしゃくりあげる。

なのに訳の分からないことに、アルフレートはさらに顔を近づけて、そこをじっと観察してくるのだ。

彼の視線を受けた場所の感覚が徐々に研ぎ澄まされ、とろりと何かがあふれてくるのが分かった。

ああ、アルフレートの言うとおりだ。

意志とは全く関係なく、レティシアのそこは確かに、とろとろと雫をあふれさせている。

「も……申し訳ありません……」

なんということだろう。

どうにか止めることができないかと、レティシアは眉を寄せて下腹部に力をこめる。

「ひくひくしている。君はここも最高に可愛いな。ねえレティシア、こっちの雫も取り込んでいい？」

「え……？」

ちょっといよいよ言葉の意味が分からない。

レティシアの涙目と、アルフレートの目が合った。

「大丈夫、これはこの国のためになることだよ。だってこれを取り込んだら、俺は今までで最高の力を手にすることができるんだからさ」

アルフレートの美しい顔が、レティシアの秘部にさらにいっそう近づいてきた、と思ったら。

その場所に、ぴとりと唇を押し付けられた。

「あっ……!?」

レティシアは顎をのけぞらせる。

力が抜けてしまうのに身体の奥は強く握りしめられているようで、勝手に腰が反り返ってしまう。

「えっ。や、アルフレート様……？」

　恥ずかしくて恥ずかしくて、目の前の光景が信じられなくて。それなのに、圧倒的な刺激に思考が覆いつくされていく。

「あ、や、アルフレート様、だめ……！」

　下から上へゆっくりと、アルフレートの熱い舌がレティシアの秘所をなぞっていく。

「大丈夫、レティシア。恥ずかしくないよ」

「うそ、そんなはずありません」

「うん、やっぱりここからの祈りの雫は、さらに力を増幅させるな……ん」

「でも、だめ、こんなの……いけません……っ、あ、ああっ……」

　あまりにも非現実的な羞恥に、ぽろぽろと涙があふれてくる。

　必死で伸ばした手は、アルフレートに絡めとられてしまった。

　両方の手を繋いだままの姿勢で引き寄せられ、さらに密着するように、アルフレートはレティシアの両脚の間に顔を押し付けてくる。

　そのまま角度を変えると、ぐちゅりと音が響いた。

　あんまりな光景に、意識が遠くなりそうなのに。

（だめ……力が、抜けてしまう）

ふわふわとして、キュッとしびれて。

（ああだめ、こんなの……恥ずかしいのに、いけないのに）

アルフレートの舌先が、そっと入り口に入り込んでくる。レティシアが身体を跳ねさせるのに構わずに、しばらくそこを丹念になぞった。と思ったら舌はちゅぽんと抜かれ、さっき指でそうしたように、そのまま入り口のすぐ上の小粒な膨らみをぴんっと弾く。

「あぁあっん……‼」

レティシアは声を上げる。

こんな大きな声、聖殿では出したことがない。いや、孤児院でアルフレートや子供たちと鬼ごっこをした時なら、あっただろうか。

とんでもないことなのに。こんな感覚、おかしいのに。

なのに、しびれた意識の奥底から、とんでもない感情が湧き上がってくる。

（――気持ち、いい）

もっと触ってほしい。

もっともっと、その場所に、足りないものを埋めるように。

「アルフレートさま……」

涙で滲んだ視界の先、赤い舌で唇をなめるアルフレートの姿が、自分の両脚の間に見えた。

「アル、フレート、さま……」

温かな泉にたゆたうような感覚に包まれながら、レティシアは意識を放り投げていく。

＊

「最近の殿下のご活躍は誠に素晴らしい。精霊騎士隊始まって以来の戦果を更新していますな」

「実にめでたいことです。八面六臂(はちめんろっぴ)とはこのことでしょう」

「祝日を早急に制定すべきだろう。アルフレート殿下生誕祭を盛大に執り行うのだ」

「いや、中央通りに像を建てる計画が先でしょう。殿下、私が世話をしている者に当代一の彫刻家がいるのです。殿下の黄金像を造らせたいので、一度私の屋敷にいらしてはいただけませんか」

高い天井に、競うような笑い声が響き渡る。

壁には歴代王の肖像画が並び、天井に輝石がびっしりと埋め込まれた、王城で最も豪奢(ごうしゃ)な広間である。

「ありがとうございます。もしも万が一そんな時間を取ることができればぜひ」

まったく心を込めないまま、アルフレートはにこやかに返した。

伝統にのっとった食事が並ぶ広いテーブルを囲んでいるのは王族と、貴族院の中枢を構成する上位貴族の当主たち。すなわち、この王国の最高意志決定権を持つ面々である。

「いやいや皆様。何よりも素晴らしいことは、史上最強の精霊騎士であるアルフレート殿下こそが、我らが王太子殿下でもあらせられるということですぞ。何と頼もしいことか」

おもねる声色の貴族たちが様子を窺うのは、最も上座に座るハーゲン王だ。

整った面差しが息子であるアルフレートによく似ている現レーメルン国王。火と水の祝福を併せ持ち、長きにわたって精霊騎士隊を率いてきた手練れの騎士でもある。

黙って杯を傾けるハーゲン王の様子に、貴族たちは互いに視線を交わし合う。

「しかし殿下ほどの祝福を受けている方ならば、いよいよあれが可能なのではありませんか」

食後の茶が供される段階で口火を切ったのは、貴族院の筆頭であるボルス公爵だ。北部に広大な領地を持つ最有力貴族で、アルフレートにとっては祖父よりも年長である。

「何がでしょう」

予想はできたが、アルフレートはしれっと答えた。

「歪みを、根本的に根絶することですよ」

家長たちは、ここぞとばかり頷き追従する。

(はいはい。今日の本題はまたそれってことですね)

脳内で盛大なため息をつきつつ笑みを返したアルフレートに、当主たちは口々に訴える。

「我が領地は、先日アルフレート殿下が直々に歪みを解消して下さった。しかし先ほど早馬が、新たな歪みの発生を報告してきたのです」

「せっかく解消して頂いても、これでは落ち着いて暮らすことすらできやしない」

精霊の五大属性には、それぞれ相性がある。

希少な祈りは別格として、火と水、そして風と土の組み合わせは、互いを相殺するのだ。

精霊騎士隊は、自分の力を相対する属性の歪みにぶつけることでそれを消し去る。

しかしそれは、力技で無理やり抑え込むようなやり方だ。一時的な効果はあれど、遅かれ早かれ再発する。

そのいたちごっこは、人類がずっと悩まされてきたことであった。

「それでは、早急にまた騎士隊が向かいますのでご安心を」

「しかし、根本的な解決策を探すことこそが人類の悲願でしょう」

ボルス公爵は繰り返した。

「恐れながら、アルフレート殿下は四大属性すべての祝福をその身に宿している。すなわちどのような属性にも対応できる稀有なる存在だ。王都にこの十年間歪みらしい歪みが生じないのは殿下のお力なのではないかと、まことしやかに噂されているのもご存じでしょう」

「買いかぶりすぎですね。私にはそんな力はない」

「いや、それを信じるからこそ、我ら貴族院は聖殿に関する殿下の無理な要求も全面的に受け入れているのです。――最近、お気に入りの聖女がいるようですな」

(なるほど、そこに持っていくわけか)

貴族院がアルフレートに初めて作れた貸しなのだ、利用しない手はないだろう。

予想通りだ。アルフレートは不敵に笑う。

「無理な要求？　心外ですね。精霊騎士の功績を真に称えると言うのなら、聖女を指名する権利くらい与えてくださってもいいのでは？」

「聖殿はこの百年間、貴族院の管理にあります」

「聖女たちの自由を奪い、聖殿に閉じ込めいたずらに神格化することがあなたたちの管理ですか。彼女たちは、年頃の女性として当たり前の楽しみも持てていない」

「聖女にそんなものは必要ないでしょう」

「あなたの孫娘があそこにいても同じことが言えますか。彼女たちに作らせている護符や御守が、貴族院の資金源になっているという噂もありますが」

　口元を歪める公爵にアルフレートが容赦なく切り込んだ、まさにその時だ。

「聖女たちの力をそのような些末なことに浪費するなど、なんともったいないことを！」

　静まり返った部屋の片隅から、大きな声が響き渡った。

　全員の視線が、テーブルの片端に着席した男に集中する。

「いや、これは失礼」

　声の主は、芝居がかった仕草で首をすくめる。ぎょろりとした目にもしゃもしゃ頭をした、身体の大きな男である。

　東部の端に領地を持つ、ゾイン侯爵家の当主だ。

　ボルス公爵は、話題の中心を一旦移そうと決めたのか、切り替えるように咳払いをした。

「ゾイン侯爵、貴公にはぜひ領地の話を伺いたいと思っていた」

　貴族院では若輩にあたる三十代前半のゾイン侯爵は、二年前に爵位を継承したばかりである。滅多に王都に出てくることはないが、今回は、とある理由によりこの会食に召喚されていた。

「貴公の領地でここ最近歪みの発生が減っている理由を、今日こそお聞かせ願いたい」

　ボルス公爵に問われたゾイン侯爵は、口元に満足げな笑みを浮かべた。

「いや、特に特別なことはしていませんが」

「そんなはずはないだろう」

本当なんだけどなあ、とゾイン侯爵はぽりぽりと首の後ろを掻く。

「うちの領地には『魔の森』もありますしねえ。自衛に力を入れることにしたんですよ。精霊騎士隊には及ばずとも、祝福を扱うことが得意な者くらいはどこにだっているでしょう。彼らを組織立てて領地を隅々まで見て回らせ、歪みの予兆が出れば速やかに対処するようにしているんです。ただそれだけのことですよ」

レーメルン王国は、「魔の森」と呼ばれる広大な森によって大陸中央部から分断されている。その森に隣接しているのが東部だ。海岸線に面した他の土地と違い、東部だけが大陸と地続きにある。

「魔の森」の影響もあり、気候にも生物にも、歪みが発生する頻度は他よりもずっと高い場所である。しかしその中にあってこのゾイン侯爵の領地だけが、この半年ほどの間に歪みの発生をみるみる減らしているのだ。

一体ゾイン侯爵領で何が起きているのかを貴族たちは知りたがっているが、ゾイン侯爵自身が滅多に王都に出てこないこともあり、理由は謎に包まれていた。

「それくらいのことは、私の領地でも実施している」

吐き捨てたのは、同じく東部の貴族家当主だ。彼の領地はゾイン侯爵領と一部隣接しているが、歪みが減っているという報告はない。

「それを領民一丸になって行うのですよ！　領民は精霊への祈りを忘れず、精霊に恥じぬ行為を心掛けています。祈りの聖殿の教えと同様ですね。正しい行いをすれば、精霊は応えてくださるのだから」

「我らが正しい行いをしていないとでも？」

ゾイン侯爵は大げさに慌てた顔になると、勢いよくまくしたて始めた。

「とんでもない！　ただ私が申しあげたいのは、聖殿の教えは大切だということですよ。聖女こそが、この王国の宝なのですから！」

それからボルス公爵に向かって身を乗り出した。

「どうでしょうか？　この実績を評価して頂けるのならば、私に聖殿の管理を任せていただきたいのです。そうすれば、祈りの聖女たちの力を最大化させてみせますよ！」

「無理に決まっているだろう。そもそも、我らが聞きたいのはそんなことではない」

うっとりと力説するゾイン侯爵に、貴族院の重鎮たちはペースを乱されているようだ。不毛なやりとりを聞き流しながら、アルフレートは窓の外を見た。

（祈りの聖女、か）

四角く切り取られた青い空には、明るい光が満ちている。

目を閉じると、あの孤児院での光景が目に浮かぶようだ。

風に揺れる緑の草原。その中心に質素なスカートを丸く広げて腰を下ろしたレティシアが、子供たちと花を摘んでいる。アルフレートに気が付くと、困ったような恥ずかしそうな、控えめな笑みを浮かべるのだ。

幸せという絵の具だけで描かれた絵画があるならば、間違いなくあれのことだろう。

(レティシアに会いたいな)

抱きしめて、柔らかな胸に唇を寄せたい。

そう思ってしまうのは、今日だけでもう一体何度目なのだろうか。


扉を開くと、大股に部屋を横切りソファにどかりと腰を下ろした。行儀悪く足を投げ出しながら、タイを引き抜く。

王城の一画、精霊騎士隊の隊長室である。

「アルフレート隊長、お疲れ様です。会食はいかがでしたか」

「うん、いつも通り」

「いいなあ、ご馳走(ちそう)がたくさん出たんでしょう」

即座に近づいてきたのは、補佐官を務めるヘルマンとクリスだ。

「隊長は最近、毎回の食事も馬上で摂るような有り様でしたから。ゆっくり栄養摂取ができたなら、それだけで意義はあったかと」

大真面目な顔で頷くヘルマンは二十三歳、子爵家の三男である。精霊騎士隊で最も長身で、剣の技術もアルフレートについで高い。

生まれ持った火の祝福をうまく制御できず、周囲から恐れられていた。しかし、とある夜会で暴走させてしまった力を居合わせたアルフレートが抑え込み、小さな可愛い火の玉に変えてポーンと放り投げてくれた。それ以来ヘルマンは、大型の忠犬のようにアルフレートに付き従っている。

「ねえねえ、今度は僕も連れてってくださいよ。どうせアルフレート隊長は、すぐにお偉いさんたちを怒らせちゃうんでしょう？　僕がいれば、場を和ませてあげられますから」

ソファの後ろから身を乗り出してぴょんぴょんと跳ねているのは、十八歳のクリスである。

彼は貴族出身ではなく、王都の貧しい商人の子として生まれた。

水の祝福を使った芸で人を寄せて商品を売り歩きながら、日銭を稼いでいたのである。

アルフレートを精霊騎士隊総指揮隊長とは知らずに呼び止めて器用で愉快な水の芸を披露した結果、小銭と一緒に騎士隊への推薦状を手に入れた。

こちらは小柄で俊敏、きょろきょろと目端が利き、気付けば騎士隊内どころか貴族院に関することまで、あらゆる情報を集めてくる諜報員的な役割も果たしている。

「別に、おまえに場を和ませてもらう必要はないよ。俺だけで十分盛り上がった」

「その盛り上がり方、正しいやつですか？　ほら、隊長は性格にちょっと難がありますからね。何でも持っている隊長からそのキラキラした笑顔で正論をぶち込まれたら、お爺ちゃんたちは立つ瀬がなくなるんだ。分かってあげてくださいよ」

「クリス。おまえは誰に口をきいているか分かっているのか！　アルフレート隊長には深いお考えがあるんだ。口を出すな！」

まくしたてるクリスの襟元をヘルマンが掴み上げる。いつもどおり賑やかにやり合う二人を眺めながら、アルフレートはヘルマンの淹れてくれた茶を喉に流し込んだ。

（深いお考えね。そんなたいそうなものがあるわけじゃないけど）

生まれながらに精霊から与えられる祝福には、個人差がある。

一般的に王族や上位貴族ほど上質な祝福を与えられる確率が高いが、それでも精霊騎士隊に入隊できるほどの力を持つ者は、ごくごく一握りである。

祝福が質量ともに劣る者は、その能力を戦闘に使うことはない。

生業の中で力を活かす者もいるが、コントロールが不得手な場合はほとんど使用しないで一生を過ごすことも多い。

　それでちっとも構わないとアルフレートは思っている。適材適所だ。

（厄介なのは、上位貴族の家長なのに祝福が劣るような奴らだ）

　彼らは強い祝福を持つ精霊騎士隊をおだて褒めそやしながら、ほの暗い劣等感をぶつけてくる。面倒くさくてたまらない。

（こんなことなら、早朝にでもさっさと王都を発てばよかった）

　背もたれに肘をつき頭を支えると、アルフレートは思考を飛ばす。

　今、自分の体内には非常に純度の高い祝福の力が満ちている。

　四つの属性の祝福が、煌めきながら結びつき、更に力を増幅させるのを感じるほどだ。

　全て昨日聖殿で、レティシアの祈りの雫を取り込んだことにより生み出されたものである。

　そう考えると、自分の体の中の力でありながら抱きしめたくなるほどに愛おしい。

　しかしこの愛おしい力を使い果たさねばレティシアに再び会うことはできないのだから、とんでもない矛盾とも言える。

（昨日のレティシアは……すごかったな）

　真剣な顔で俯くアルフレートがなにか高尚な考えごとをしているのだろうと、ヘルマンは感じ取ったようだ。ごねるクリスを促して、ふたり口を閉ざして控えている。

おかげでアルフレートは存分に、昨日のレティシアのあられもない姿を思い浮かべることができた。とりあえず口元を片手で隠す。

（この世のものとは思えないほどに可愛かった）

昨日レティシアがアルフレートに捧げてくれたのは、胸の先から滲ませる雫だけではない。彼女自身の最も秘められた場所にすら、直接口付けることを許されたのである。

恥じらって動揺して、真っ赤な顔で涙を浮かべ、そのまま気をやってしまったレティシア。その姿を思い出すと、アルフレートは居ても立ってもいられないような思いに駆られる。今すぐここを飛び出して、聖殿に乗り込み扉を蹴破りレティシアを抱きしめ押し倒したい。

こんな気持ちになるのは昨日からだけではない。レティシアはいつだって最高なのだ。それはもう、出会った時から変わらない。

アルフレートの腐った世界に舞い降りた、唯一無二の聖女なのだから。

初めてレティシアに出会ったのは、半年前のことである。

その少し前からアルフレートは、あの孤児院に顔を出すようになっていた。

騎士隊に携帯食を卸している商家の男と話をしていた時、彼の取引先に孤児院があると知ったのである。

（子供と遊ぶ、か）

途切れることなく、歪みの前線と王都を往復するだけの日々。

十九歳で精霊騎士隊長に就任してから丸三年。緊張感の絶えない毎日を送るアルフレートにとって、孤児院で過ごす時間は貴重な息抜きになった。

さらにレティシアに出会ったことで、それはかけがえのない時間に変わる。

初めて見た時から、可愛い子だとは思っていた。

光を浴びると艶やかさを増す髪は、見たことがない漆黒だ。まるで夜の闇のように神秘的で、ミルクを溶かしたかのように真っ白な肌にとても映えている。子供たちを優しく見守る大きな深緑色の瞳は常に潤んだようで、アルフレートが近付くと、困ったように眉を寄せるのも可愛らしい。

見目が整った女性も珍しい髪色も、王国中を行き来するアルフレートにとっては驚くほどのことではない。しかし、レティシアはそれだけではなかった。

子供たちにねだられて、恥じらいながら靴を脱ぎ捨て緑の丘を走る明るい笑顔から、いつしか目が離せなくなっていた。言いたいことを呑み込むように、ぽってりした赤い下唇を噛み締める癖を見ていると、ひどく焦れた気分になった。子供たちに披露する優しい歌声もいい。理不尽な前線から苛立ちつつ帰還した直後、彼女の歌声に心が震えて涙がこぼれそうになった時は、自分の中にもこんな感傷が残っていたのかと、感動してしまったほどだ。

しかし当初は、徹底的に避けられていた。

聖殿関係者ならある程度は仕方がないとは思ったが、アルフレートが近付くと怯えたように立ち去ってしまう姿にはさすがに傷ついたし、それ以上に違和感を覚えた。

孤児院の院長に探りを入れてみても、ただの聖殿の下働きの少女だと説明されるだけだ。

(いや、そんなはずはない)

アルフレートは、生まれながらに誰よりも強い精霊の祝福をその身に宿している。

誰にも話したことはないが、それは身体の中に小さな世界を閉じ込めているような感覚だ。

火・風・水・土。精霊の四大属性が常に体の中で結びついては離れ、膨らんでは弾けて、と影響を及ぼし合っているのだ。

レティシアを見ていると、身体の奥底でそれらが騒ぎ立ててくる。ソワソワと震え、膨張しながらさらにいっそう湧き上がり、せっついてくるのを感じるのである。こんな感覚は初めてだ。

レティシアは間違いなく祈りの聖女だ。それも、極めて強い力を持っている。

しかしなぜ聖女が、こんなにも無防備に聖殿から出てきているのか。

それまでアルフレートは、聖殿とは距離を保っていた。

理由は単純だ。貴族院の仕切る制度に加担したくなかったのである。

精霊騎士隊が王族の管轄なのだから、その精霊騎士に力を補充する祈りの聖女は貴族院が管理するべきであると、ずっと昔に決められたらしい。

突出した力を持つアルフレートは聖殿を利用するようにとたびたび貴族院から督促を受けたが、そのたびに適当に受け流していた。

貴族院の思惑に巻き込まれた聖女たちを哀れに思っていたし、何よりもアルフレートに与えられた祝福は枯渇知らずだったので、補充の必要を感じなかったためである。

しかし、もしや自分の知らないところで他の騎士たちが、レティシアの頬に口付けて祈りの雫を享受しているのだろうか。

矢も楯もたまらず人をやり、すぐに詳細を調べさせた。すると案の定レティシアは聖殿に所属する聖女だということが分かったが、しかし同時に、今まで一度も祈りの儀式に参加をしていないということも判明したのである。

余計にわけが分からなくなった。

聖女は貴重な存在だ。

王国に生まれた少女たちは、一定の年齢に達するとすべからく「祈り」の属性を持つかどうかを検査され、可能性があると聖殿に連れて来られる。そこまで徹底してもなお、常に聖女の数は枯渇していると聞く。

なのにどうして。

自分なら、レティシアを指名することができるだろう。不意打ちで指名して、呼び出して理由を聞いてみようか、それとも、孤児院に来たレティシアを問いただそうか。

しかしそれには躊躇した。そんなことをすれば自分の正体も知れてしまう。もう二度と、無防備に微笑むレティシアには会えなくなるかもしれない。

しかし。

あの日レティシアに唐突な別れを告げられて、そんなことを言っていられなくなった。すぐさまあらゆる強権を発動し、聖女・レティシアを決め打ちで指名したうえで、初めて聖殿に足を踏み入れたのである。

そしてレティシアの力の秘密を知った今、他の騎士に彼女が指名される前に手を打っていてよかったと、アルフレートは精霊に感謝の祈りを捧げたいとすら思っている。


「隊長、こちら仰せつかっていた調査報告書です」

どれくらい時間が経ったのだろうか。ヘルマンが、分厚い紙の束を差し出してきた。

「五十年分の記録をさかのぼりましたが、祈りの聖女が能力を有するうちに特定の精霊騎士の専属になった例はありませんでした」

「あるとしたら聖女が成長して能力が尽きてからだよね。まあ、言ってしまえば身請けだけど」

　肩をすくめてクリスが補足する。

「能力がある聖女をいちいち騎士の専属にされていたら、貴族院としては聖殿を管理している意味がないもんね、当然だよ」

　ちなみに、クリスも相当な聖殿の常連である。天性の人懐っこさとすばしっこさで監視をくぐり抜け聖女たちと個人的な会話をすることもあり、内部情報を得るのに重宝する。

　祈りの聖女は、一般的に二十代後半以降徐々に力を失っていく。しかし祈りの祝福を受けたその身はとても貴重なものとして、上位貴族に囲われることも多々あった。しかし出自が庶民であることが多い彼女たちは、正妻ではなく妾（めかけ）という立ち位置になることが常である。

（そういえば、聖女に貴族出身がほとんどいないというのも不思議なことだよな。それ以外の四属性の祝福は、貴族の方が強く出ることが多いのに）

　レティシアの聖女としての力が尽きた後で身請けすることはやぶさかではない。というか既にアルフレートはその気満々で、もちろん妾ではなく正妻のつもりだ。しかし問題は、それまでの間である。

どうすれば、彼女を独占していられるだろうか。

「アルフレート隊長はそりゃ最強ですけど、王都での実務や王太子としての任務だってあるでしょう。このまま現場の仕事を一手に引き受け続けるなんて無茶苦茶ですよ。今にぶっ倒れますよ」

「仕方ないだろう。俺が指名しなかったら、レティシアが他の騎士たちに儀式をすることになるかもしれない。そんなことになったら」

殺してしまうかもしれない、という言葉はさすがに呑み込んだけれど、尋常ではない感情を二人の側近は感じ取ったようだった。

「大丈夫、万が一聖女レティシアが僕の儀式に現れたら、すぐ儀式を打ち切りますから！　なあ、ヘルマンもそうするだろ？」

「自分は、万が一にでもアルフレート隊長の聖女が自分なんぞの儀式に現れるようなことがありましたら、速やかに自分の身体を炎で焼き尽くす所存です」

「重くて鬱陶しいなあ、ヘルマンの忠誠心は！」

二人のやり取りを聞き流しながら、アルフレートは黙って報告書をめくった。

確かにヘルマンやクリスなら、レティシアと儀式をするような愚かなことはないだろう。い

や、アルフレートがレティシアに固執していることは、精霊騎士隊内部では既に周知の事実である。他の隊員たちも、好きこのんでアルフレートを敵に回したいとは思わないはずだ。

しかし、聖殿が貴族院の管轄下にある限り、安心はできない。このままでは、レティシアをアルフレートの弱点ととらえ、利用してくることもあり得るからだ。

それならいっそ、強制的に聖殿から出してしまえば……。

「隊長、僕は隊長の初恋を心から喜んでいますけれどね？」

クリスが椅子に片膝を立てて座りなおしながら言う。

「だけど、自制はしないとですよ？　もしも思い余って聖女の純潔を散らしちゃったりしたら一大事です」

「クリス、この明るい時間から何を……！」

真っ赤になったヘルマンをハイハイといなし、クリスは真面目な顔になった。

「だって聖女は純潔を失うと、聖女としての力も失ってしまうのでしょう？」

そう、問題はそこだ。

アルフレートが最後の一線でギリギリのところで劣情を抑え込むことができているのは、すべてその伝承が理由である。

レティシアは、聖女であることに強い誇りを持っている。それは単純に生きがいとか役割とかいうものを超え、自分自身の存在意義であるかのようなこだわりぶりだ。

おそらく、孤児院出身である彼女の生い立ちに由来するものだろう。そこまで思いつめなくていいのにとアルフレートは思ってしまうが、だからと言って彼女からそれを無理やり奪っていいはずがない。

「まあ、そんな伝承どこまで信ぴょう性があるか分かりませんが。大抵聖女が純潔を失うのは、力が失われて身請けされてからですから、実証しようもありませんしねえ」

(聖女、か)

――聖女こそが、この王国の宝ですぞ。

不意に、会食でゾイン侯爵が主張していたことを思い出した。

「ヘルマン、東部のゾイン侯爵領から最後に歪みの報告があったのはいつだ?」

「六か月前ですね。それ以降、ぱたりと報告は止まりました」

ひゅう、とクリスが尻上がりの口笛を吹く。

「すごいですね。東部って歪みが抹消されたんですか? 楽園みたいなところなのかな」

「いや、本来なら、他の土地以上に歪みが多発する場所だよ」

ヘルマンから渡された資料をめくりながら、アルフレートは答えた。

「実際、同じ東部でもゾイン侯爵領以外には今までと同じように歪みが起きている。先月歪みが噴火を引き起こして、おまえが解消に行っただろう」

「ああそうか、あそこも東部ですね。地図で見ると、確かにゾイン侯爵領だけがぽかんと歪みを減らしている。どういうことでしょう?」

資料を覗き込んでくるクリスとヘルマンをよそに、アルフレートは、懐かしい景色に思いを馳(は)せた。

自然が元のまま残り、麦畑に溶ける夕焼けが美しかったゾイン侯爵領。

アルフレートの記憶の中では、楽園というよりもっと逞(たくま)しいイメージだ。

歪みは頻発したが、何度でもそれに立ち向かうことができる頼もしい領民たち。幼いアルフレートは王子であるという身分を隠し、地元の子供たちとよく遊んだものだ。

「あ」

思わず声が漏れた。

「そうか、あの歌……」

レティシアが孤児院で子供たちによく歌っていた、アルフレートもお気に入りの歌。

聞くたびにとても懐かしい気持ちになって、しかしその理由がどうしても思い出せなかったのだ。

「そうか……」

一人で頷いたアルフレートは、じっと見守ってくるヘルマンとクリスに顔を向けた。

「予定を変更する。次は、東部に……ゾイン侯爵領に行こうと思う」

「ゾイン侯爵領にですか？　歪みが出ていないのに？」

「出ていない理由を調べに行くんだよ。それにゾイン侯爵にも、もう少し話を聞いてみたいしね」

本来なら、もっと早く調査をすべきだった。ついつい歪みが起きる場所を優先に……いや、無意識のうちに東部を避けていたのかもしれない。

東部全体ならともかく、ゾイン侯爵領にアルフレートが足を踏み入れるのは十二年ぶりのことである。

「やったあ！　歪みがない土地への任務なんて初めてだ！」

飛び跳ねるクリスの傍らで、ヘルマンは思慮深げな表情を浮かべる。

「しかし、滞在して調査するとなると少なくとも十日はかかるでしょう。隊長は王都を五日以上離れないようにしていらっしゃいましたが、よろしいのですか？」

確かに調査となれば、いつもの歪み解消のように力技で片付ける訳にもいかないだろう。

今この段階でアルフレートが長期で王都を空ければ、貴族院がレティシアに何らかの手を回してくる危険性がある。

（ちょうどいい。二つの問題を一度に解消だ）

ゾイン侯爵領の現状には、貴族院も並々ならぬ興味を持っている様子だった。

「ヘルマン、ボルス公爵家に遣いに出てくれ。アルフレート・ヴァリス・レーメルンが直接ゾイン侯爵領に赴いて、歪みが発生しない原因を調査してくると。そのかわり、貴族院にも協力してほしいことがあるってね」

アルフレートは不敵に笑った。

第三章 私のすべてを

「まあ、アルフレート様、あちらをご覧ください！」

幌の側面の留め具を外すと、四角い小窓が開かれる。

レティシアはほとんどそこに顔を突っ込むようにして、外の景色を眺め続けていた。

「ああ、子鹿だね。馬車が珍しいのかな」

緑の草原を駆け抜ける馬車。それに並走するように、ぴょんぴょんと飛び跳ねるしなやかで俊敏な生き物が見える。黒々としたつぶらな瞳が可愛らしい。

「子鹿⁉ あんなに大きいのに、まだ子供なのですか？ ああ、角がないからでしょうか？」

「角が生えるのは雄だけだけどね。身体つきがまず違うから、親を見れば分かるよ。ほら、あそこで見守っている」

吹き込む風に負けないように目を瞠り、レティシアはその世界を瞳に映す。

「まあ、鹿の親子なんて初めて見ました！」

頭のすぐ上で、アルフレートがくくっと笑った。

「どうかしましたか？」

「だって君は今日ずっと、初めてだ初めてだって、そればかりじゃないか」

揺れる馬車の中でレティシアが転がらないように両脚の間に挟むようにして背後に寄り添ってくれながら、アルフレートは楽しそうに笑う。

「仕方ないです。初めて見るものばっかりなんですもの」

レティシアは、また小窓の外を覗き込んだ。

巣から顔を出す兎の親子。草むらから飛び立っていく鮮やかな羽を広げた鳥。農作業をする人々や、とても幅の広い川。そこに掛かっている、立派な橋。

目に映るすべてが珍しく、もはや吸い込む空気すら新鮮に感じてしまうのである。

「本当に見たことがないの？　北部から王都に移動してきた時はどうしていたの？」

「あまり覚えていないのです。とても緊張していましたし」

あの時は、これから始まる聖殿での暮らしに想いを馳せるばかりで、馬車の外を見ようとも思わなかった。今となれば、なんてもったいないなかったのだろう。

窓の外に広がる世界の貴重さを、ちっとも理解できていなかったのだ。

「そうか」

しばらく黙ったアルフレートは、やがて後ろからぎゅっとレティシアを抱きしめた。

「いっぱい見て。君が思うことを、全部俺に聞かせてよ」

二人だけの馬車の中、アルフレートはずっとこんな調子である。レティシアにぴったり寄り添って、優しい言葉を囁いてくれる。

なんだか恥ずかしいけれど、レティシアはもう一度繰り返した。

「アルフレート様、本当にありがとうございます。自分が王都を離れてこんな景色を見ることができるなんて、想像もしていませんでした」


レティシアは今、精霊騎士隊の精鋭部隊と共に、東部を目指す旅の途中にある。

ある夜、急いだ様子でレティシアの部屋を訪れたエデルガルドから、アルフレートの任務への同行を指示されたのだ。

「今回の任務は長くなるそうです。旅先で殿下の祝福の力が尽きることがないように、同行して必要な時には儀式を行いなさい」

「よろしいのですか。聖女が聖殿を離れて儀式をするなんて聞いたことがありません。それに、そんなことをして貴族院は大丈夫でしょうか」

「殿下は既に、貴族院の許可も取っていらっしゃいました」

「でも、エデルガルド様のお立場が悪くはなりませんか？」

「それはあなたが心配することではありませんよ、レティシア」

エデルガルドの青い瞳が、レティシアをひたと見つめた。

「王都にいると、私たちは歪みを直接目にすることはほとんどありません。ですからあなたには、自分の目で見てきてほしいのです」

言葉の一つ一つ、そこに乗せた想いの欠片もこぼさないように、レティシアはエデルガルドを見返す。

「自分たちが祈りを捧げた騎士たちが、前線でどのような仕事をしているのかを。歪みとはどのようなものなのか、私たちは祈りの雫を捧げることで、いつも何を護っているのか。この機会に目に焼き付けて、他の聖女たちに話してあげてほしいのです」

エデルガルドの目の奥に、かつて孤児院へお使いに行くことを許してくれた時と同じ想いを見た気がした。

「それに、東部なら……」

「え？」

「いいえ、なんでもありません」

エデルガルドは口を閉ざし、窓から吹き込んでくる夜風に目を細めた。

ウィンプルを外し、聖衣のガウンを脱いだ彼女の姿は珍しい。白く華奢な首筋に、珍しい形の石がついた銀色の鎖が下がっていることに、レティシアは初めて気が付いた。

（もしかして、聖殿長は）

この聖殿の外の世界を知ってほしいと考えているのではないだろうか。

レティシアだけではない。他の聖女たちにも同じように。

それはきっと、アルフレートが話してくれたのと同じ想いだ。

「分かりました、聖殿長。この目でしっかり見て参ります」

だからレティシアは背筋が伸びるような心持ちで、彼女の想いを受け止めたのである。

「聖女レティシア、時間がかかって申し訳ありません。馬車に一日中揺られて、お疲れではないですか？　今日はここで夜を明かしますが、明日の昼には到着しますので」

その夜、馬車の後部の段差に腰かけて温かいスープを飲んでいたレティシアに、きびきびとした動きをする青年が声をかけてきた。

「お気遣いありがとうございます。とても快適に過ごせています」

実際、アルフレートの用意してくれた四頭立ての馬車はほとんど揺れず、クッションを敷き詰めた幌の中はまるで極上の寝床のように快適だったのだ。

「そうですか？　困ったことがあったら何なりとおっしゃってくださいね？　僕、何でもすぐに調達してきますから。そういうの得意なんです。隊長から鍛えられているので」

まだ少年と呼んでも差し支えないような人懐っこい笑顔の彼は、後ろで一つに縛った茶色の髪を揺らしながらくりっとした瞳を細めた。

出発の時にアルフレートが紹介してくれた、クリスという名の騎士隊員だ。

今回同行しているのは総勢二十名ほどの中隊だが、その中でも特にアルフレートが信頼する側近の一人らしい。それだけでレティシアが心を許す条件は十分満たしているのだが、さらに話しやすそうな笑顔まで向けられて、つられて笑顔になってしまう。

「ありがとうございます。何も不自由はありません」

レティシアはかぶりを振り、夕焼けに染まる空を振り仰ぐ。

どこまでも続く、広大な草原の片隅である。

西の空に沈みゆく太陽が、遮るもののない広い空を黄金色に染めている。反対側の空には月が浮かび、星も瞬き始めていた。

「自分がこんな場所に来られているだなんて、まるで夢を見ているようです」

視線を戻すと、クリスはぽわんとした顔でこちらをじっと見つめていた。

「可愛いなあ……」

「えっ」

「こんな可憐で純粋な聖女が聖殿にいたなんて、全然気づきませんでした。僕、結構聖殿を使わせていただいているんですけど。あ、でも、他の聖女もみんな可愛いですよ？　だけど一体、隊長はどこでレティシアさんを見初めたんだろう……ねえ、出会いはどこだったんですか？」

矢継ぎ早にまくし立てられてタジタジするレティシアの目の前で、クリスの後頭部がいきなりパコンと叩かれた。

「いってー！　何するんだよ！」

「お前、隊長に殺されるぞ」

クリスの背後に立っているのは、同じくアルフレートの側近のヘルマンという青年だ。長身で逞しい身体つきの銀髪の騎士で、クリスとは対照的に表情を変えることはあまりなく、ただアルフレートの指示に誰よりも素早く従っている。

レティシアと目が合うと、ヘルマンは顔を真っ赤にさせた。

「ヘルマンこそ、可愛い子がいるからって意識しすぎだよ。大丈夫？　見ていてハラハラしちゃうんだけど」

クリスが唇を尖らせて、ヘルマンのすねを思いきり蹴る。

普段あまり見ることがない男性同士のやり取りに、レティシアはどうしていいか分からずにただまごついてしまうばかりだ。

すると、今度はレティシアの身体が背後から優しく抱き寄せられた。

「ねえクリス、ヘルマン。レティシアが驚いているだろう。ちょっと離れてくれるかな」

麗しい笑みを浮かべたアルフレートが、呆れたように二人に告げる。その瞬間、クリスとヘルマンは足元にバネ仕掛けでも付いているかのように跳ね上がり、ずしゃっとレティシアから距離を取った。

地面に付いた二人の足元に、蒼と赤の光が煌めく。さすが二人とも強い精霊の祝福を有しているようだ。

「アルフレート様、私なら大丈夫です。皆さんにはとてもよくして頂いていますし、クリスさんもヘルマンさんも、気を遣って話しかけて下さっただけです」

「そうなの？　だけど気を付けて。ここは男所帯だからね。俺がいない場所で声をかけてくるような男は、みんな下心を持っている餓えた獣で、すぐにでも駆逐した方がいい」

「アルフレート隊長、調子に乗って申し訳ありませんでした」

クリスの情けない声に、レティシアは居た堪れなくなる。

「アルフレート様、皆様が困っていらっしゃいます。大げさなことはおっしゃらないでください！」

「大げさじゃないよ」

アルフレートは、レティシアの身体を軽々と抱き上げた。そのまま馬車の段差に膝を突くと、幌の泥除けを跳ね上げる。

「君は、俺だけの聖女だって教えてやらないと」

「あの、アルフレート隊長、まさか、今夜はその馬車の幌の中でお二人で過ごされるおつもりではないですよね……え？　ええ、いいんですか？　さすがにちょっとそれは……」

「そんなことはしないよ。おやすみって告げるだけだ」

クリスの遠慮がちな指摘に面倒くさそうに返して、アルフレートは馬車の入口をさっさと閉ざしてしまった。

幌の中の雰囲気は、昼間とはだいぶ違っている。

周囲を囲む焚火を受けて橙色に染まる幌に、映りこんだ外の影がゆらゆらと揺れて幻想的な空間だ。

「先ほどの態度は、どうかと思います」

アルフレートの腕から下りると、レティシアは憤然と抗議した。

「この旅で、私はたくさんのものを見て知って、学ばなくてはならないのです。なのにアルフレート様は、ちょっと心配性すぎます」

自分としては最高に怒った顔になっているつもりだが、アルフレートは口元に笑みを浮かべたままだ。

「……何でしょうか、アルフレート様」

「いや、楽しいなと思って」

機嫌のいい声で返しながら、アルフレートは幌の四角い小窓を開く。

「君と一緒に旅ができて、すごく楽しい。何十回通ったか分からない道だって、君の目を通して話を聞くと素晴らしい場所に思えてくる。そのうえ昼だけじゃなくて夜も一緒にいられるなんて、最高だ。今日は特別な日だね」

子供のような笑顔を向けられると、それ以上怒ることができなくなる。

レティシアの手を引いて、アルフレートは昼間と同じように両脚の間に座らせた。

「ほら、あのまっすぐ真上にある星が分かる？」

背後から腕を伸ばし、一面の星空を指し示す。

「あの星は、ずっと真北から動かないんだ。海の上ではあの星を目印に、船乗りが航海するんだよ」

白く強い光の星が、真上で輝いている。

「人々の、標（しるべ）なのですね」

レティシアは、目を凝らしてその光を見上げた。

アルフレートはそんなレティシアを背後から腕の中に抱き、髪を撫でてくれている。その仕草も態勢も昼間と同じなのだけれど、夜というだけで、なんだかやたらと心臓がうるさい。

そもそもこうやって二人きりで過ごすのも、先日、胸の先よりもさらに恥ずかしい場所から雫を吸われた時以来だ。レティシアはわずかに身じろぎした。

「俺は楽しいけどさ、君は大丈夫？　強引に連れ出してしまったけど、疲れてない？」

「ちっとも。私は意外と丈夫なんです。それにこの馬車は、とても居心地がいいですもの」

もう一度、天頂の星を見つめる。草原を走る風は涼やかで、大きな世界の一番底に、二人だけでぽつんと座っているような孤独を感じた。それは心地よいさびしさだ。

こんなにも世界は平和に思えるのに、今もどこかで歪みが生まれているのだろうか。

動物が、植物が、景色が本来の姿から歪み、人々を苦しめているのだろうか。

「アルフレート様、歪みと戦うことは、怖くはありませんか？」

気が付けば、つぶやくように問うていた。

「知っているものと違う形に歪んでしまった事象に相対するのは、どういう気持ちなのでしょう」

アルフレートは何も言わない。ただ背後から、レティシアを抱きしめたままだ。

静かな夜の闇の中、二人は暫く黙って星を見上げていた。

「レティシア。俺には叔父がいたんだ」

しばらくして、アルフレートはぽつりとつぶやいた。

「父の末の弟で、父より俺に年が近かった。ベルノルトっていう名前なんだけど、小さい頃は、彼のことを自分の兄と思い込んでいたくらい仲が良かったんだ」

くくっとアルフレートは笑う。

「本が大好きな面白い人で、色々なことを教えてくれた。孤児院で俺が子供たちに教えていた遊びは全部、ベルからの受け売りだよ」

少年時代のアルフレートが、今の彼とよく似た青年と一緒に遊んでいる姿をレティシアは想像する。それは、とても幸せな光景だ。

ベルノルトが精霊から与えられた祝福の属性は風だったという。

「まさに風みたいに気まぐれな人でね。風属性だけに特化すれば、今の俺でも敵わないかもま、死んじゃったからもう確かめられないんだけどさ。とアルフレートはさらりと続けた。

「ベルはもちろん精霊騎士隊に所属して、次期隊長にと期待されていた。だけど俺が十歳の時、東部に大きな歪みが発生したんだ。『魔の森』から噴き出した歪みが、周囲を呑み込んでどんどん増幅していった。草木は枯れ落ち、動物たちは凶暴化して、異常気象がしばらく続いた」

背中から聞こえる声はあくまで静かで、感情的なものではない。

ただ事実を淡々と述べることに、意識を向けているようだった。

「当時騎士隊長だった俺の父は慎重な姿勢を見せていたんだけど、貴族院が恐怖で浮足立って、騎士隊に出撃要請を出してしまった。それに応えたのがベルだ。変異した動物たちに村が襲われているという報せが届いたこともあって、単独で飛び出していってしまったんだ」

レティシアは黙ったまま、自分の腹の上で交差されたアルフレートの手に手をそっと重ねた。

「彼の活躍で歪みは解消されたけど、ベルは最後に……子供を守って、深手を負った。歪みで魔物化した獣の角で、腹部を貫かれたんだ。傷自体は致命傷ではなかったけど」

一度言葉を切って、アルフレートはあっさりした口調で言った。

「レティシア、歪みを帯びた凶器で傷をつけられた人間が、どうなるか知っている？」

答えを待たず、アルフレートは続ける。

「人間も魔物化する。本来なら人間ほどの理性があれば、歪みに呑み込まれることはまずない。だけど体内に直接歪みを取り込んでしまったら、もう駄目だ。ベルは理性を失って、同僚を襲い……最期は、俺の父がとどめを刺した」

アルフレートが、レティシアの手を握り返してくる。

「今でも時々夢に見るよ。優しくて格好良かったベルがさ、みるみる異形となり果てて、牙をむいた瞬間を」

史上最強の精霊騎士隊長で、次期国王陛下。

そんな華々しい肩書を持つアルフレートが、身分を隠して孤児院に来て、子供たちと遊んでいた理由。時々妙に、体制に対して露悪的な態度をとる理由。そういった今までの一つ一つの違和感が、レティシアの中でかちゃかちゃと繋がっていくようだった。

「俺は今ではあの頃の彼より上手に力を使いこなせるようになったし、歪みも別に怖くはない。だけど、ずっと思っているんだ。強い祝福なんてなかったら、ベルはあんなふうに死なずに済んだんだろうなって。何が祝福だ。無責任な期待に応えて前線に乗り込んで、命がけで戦わされて。だけど俺も、気付けばベルと同じように、弱い貴族たちを守っている」

軽く笑って、アルフレートはつぶやいた。

「馬鹿みたいだ」

レティシアは、アルフレートの腕の中で身をひるがえすとその目を見上げた。

「アルフレート様、思ってもいないことを言ってはいけません。そんなふうに笑っていては、自分の気持ちが分からなくなってしまいます」

「レティシア……？」

「叔父様は、王都の貴族たちに命じられたから戦ったのですか？　違いますよね？　魔物に襲

われた子供を助けるために、命を賭して戦われたのではありませんか?」

つたない言葉かもしれないけれど、自分の想いが伝わってほしいと切に願う。

傷を負ったこの人に。それを見せてくれた、この人に。

「アルフレート様も同じです。今日見た景色に、私はとても感動しました。あの動物たちも、農夫の方々も。もっともっと、うんとたくさんの命が、アルフレート様に救われているのです。お願いだから、馬鹿みたいなんて絶対におっしゃらないでください」

切れ長の目を瞠ったアルフレートが、レティシアをじっと見つめてくる。

「君は……」

「元気を出してください。精霊の力は足りていますか? もしかしたらお疲れなのかも」

うまく伝えられているか、ひどくもどかしい。

もっと元気付けられる方法はないだろうかと、必死で頭を巡らせた。

「……祈りの雫、飲みますか?」

だけど自分にできることは情けないほどに限られていて、結局これしか思いつかない。

大真面目な顔で自分の胸元を押さえつつそう提案したレティシアを、アルフレートは更に瞳を大きく膨らませてじっと見つめて。

「くくっ……」

笑い出した。

「えっ……な、何かおかしなことを申し上げましたでしょうか」

「いや、ごめん。この話、誰にもしたことがなかったんだけど、まさか代わりにおっぱいを吸っていいと言ってもらえるとは思わなかったな」

「おっぱ……!?」

「もっと早く話せばよかった」

いたずらっぽい笑みを浮かべるアルフレートに、レティシアの頬はどんどん熱くなる。

「アルフレート様！　こ、これは力を補うための神聖な儀式だと、いつも申し上げていますよね？　今までもまさか、そんな不埒な思いで儀式を行っていたわけではないですよね!?」

「そんなことないさ、君の雫の力は最高だ」

「なら……」

「だけど、おっぱいを吸うのは楽しい」

耳の先まで真っ赤になったレティシアに、アルフレートは「あーあ、言っちゃった」とつぶやいてからまた笑う。

「レティシア」

ひとしきり笑ってから、口元をほころばせたままレティシアをじっと見つめてきた。

「なんですか」

赤い顔でむすっと口をとがらせるレティシアを、優しく光る瞳に映して。

「君に会えて、よかった」

「え……」

「君に会うまで、俺には戦う理由なんて何もないって思ってた」

「アルフレート様……」

「君が、俺の標だよ」

レティシアの胸が、とくんと音を立てる。

まっすぐに見つめてくるアルフレートの瞳は甘く優しく、しかしその奥に、確かな熱い炎が揺らめいている。

「レティシア、やっぱり雫をもらっていいかな」

「えっ……」

「胸、見せて」

唇に笑みを浮かべて囁かれ、思わず胸元を両手で庇ってしまう。

(ど、どうしよう……なんだか改めて言われると……)

顔を赤くして俯くレティシアに、アルフレートは優しく笑う。

「どうしたの？　レティシア」

「や、やっぱり、だめです……」

「なんで？」

　アルフレートの両手が、レティシアの腰に回される。そのままぐっと抱き寄せられた。

「だって……は、恥ずかしいです」

「恥ずかしくたって我慢しなくちゃ。神聖な儀式だろ？」

「で、でも……」

　微笑んだアルフレートの掌が、旅装束の上からぴたり、とレティシアの豊かな胸の上に当てられた。

「あっ……」

「ほら、力を抜いて。ここをはだけさせて、君の可愛い胸を見せてよ」

　促されて、頭がしびれたようになる。気付けばレティシアは、胸のボタンを外し始めていた。

　今まとっているのは、旅用にアルフレートが用意してくれた装束である。いつもの聖衣より布地も厚く、首元までボタンが留められている。

　脱いでいくことに多少手間がかかるのだが、その時間の分だけいつも以上に羞恥がこみ上げてくるようだ。

（なんだか……とても、恥ずかしい……）

橙色の灯り（あか）が揺れる幌の中、レティシアはボタンをやっと下まで外した。

両手で服を左右に開くと、胸がふるりとこぼれ落ちる。

「服、押さえていて」

アルフレートの手が優しく、レティシアの胸を揉みほぐし始めた。

レティシアは小さく震えながら、服の前を開いている。まるで自ら胸を差し出すような、恥ずかしい格好だ。

ふにりふにりと胸がほぐされていく。まだ柔らかいその先端を指がかすめると、もどかしいしびれが背筋を走った。

「んっ……」

声が漏れてしまう。唇を噛んでこらえながら、レティシアは必死で祈りの言葉を口ずさむ。

胸の先にじんわりと、透明な液体がにじんできた。

アルフレートの舌が当てられる。舌先に雫がちょんと移ったと思ったら、そのままちゅっと吸いつかれた。

「あっ……」

ここに至ってようやく今が普段とは違うことに気付き、レティシアは愕然（がくぜん）とする。

今までの儀式はすべて、聖殿奥の懺悔室で行われていた。聖殿でも特に奥まったその部屋ならば、どんなに声を上げようとも、外に漏れる心配はなかったのだ。

（だけど、ここでは）

すぐそこで警らに当たっている騎士たちの影が、幌に映りこんで揺れている。

「ヘルマン、スープだけどさ、鍋に残った肉団子、全部食っちまっていい？　底の方に沈んでるやつ」

「どうでもいいから、さっさと食って巡回に行け」

意識を向ければ、会話の内容までが聞き取れるほどだ。

それはすなわち、逆もまた然りということで。

「だめです、アルフレート様……」

なのにアルフレートは意に介する様子もない。

胸の先を甘噛みし、舌の先でちろちろと弾いてはぢゅっと吸いこむ。

その間、唇に含んでいない方の乳首の先は指の腹でちょんちょんといじり、優しく弾き、胸全体を包み込むように揉む。それを、両方の胸に対して交互に繰り返すのだ。

レティシアは唇を噛んで首を横に振り、震えながらアルフレートを見た。

「感覚がとても敏感になっていて……声が、出てしまいます。やはりここでは、もうお許しください……」

　自ら服を開いていることで、なぜか両手が拘束されているような気がしてしまう。

「レティシア、可愛いな」

　アルフレートの片手が布の下に入り込み、レティシアの膝に乗せられた。

「この奥も、雫があふれてる？」

　囁かれて頬が熱くなり、レティシアは俯いた。

「そ……れは……」

「俺に胸の先を吸われたことを思い出したら、身体の奥が熱くなるんだろう。一人でいる時そんな気持ちになったら、君はどうしているの？」

「あ……」

　身体の熱さを抑えきれずに、一人で過ごす夜。

　罪悪感と背徳感に押しつぶされそうになりながら、アルフレートの面影を、閉じた瞼の下に広げて、そして……。

「アルフレート様のことを、想って……自分で、どうにか……気持ちを収めようと、胸に触れてみたことがあるのですが……」

　小さな声で、レティシアは告げる。

「だけど、どうしても……アルフレート様にしていただくようにはなりません。余計に、切なくなるばかりで……」

震えながら、どうにか説明を続けた。

「どうしたら治められるのか、ちっとも分からないのです」

アルフレートが何も言わないので、レティシアはそっと顔を上げた。

こちらを見る彼が目を丸くしているのに気付き、我に返る。

「ご、ごめんなさい、私ったら、なんてことを……」

「いや、いい。俺が聞いたんだから」

アルフレートも顔を赤くして、片手で口元を覆った。形のいい耳たぶまでが、うっすらと赤くなっている。

苦しげなため息を一度吐き出してしばらく俯くと、アルフレートは更にもう一度息を吐き出す。それからゆっくりと、レティシアのはだけた服を整えてくれた。

「……ごめん、君の言う通りだな。こんなところでこれ以上のことをしたら、君の可愛い声が外の奴らに聞こえてしまう」

「も、申し訳ありません、私……」

「いや、俺も調子に乗った。……かなり危ないところだった。さっきの君の言葉は……ものすごい攻撃力だった。こんなに殺傷力の高い攻撃は初めてだ。君にはかなわないな、やっぱり」

いたたまれずに服をかき合わせるレティシアを見下ろして、アルフレートはふっと笑う。

「反省して外でちゃんと見張っているよ。ここには絶対に誰も近寄らせないから、安心して眠って」

優しく言いおいて幌の入口を覆う布を持ち上げると、するりと出ていく。

そのしなやかな背中を見送りながら、レティシアは熱く火照る頬に両手を当てた。

しかし、すぐに再び入口が開いてアルフレートが戻ってきたので驚いてしまう。

「どうかしましたか、アルフレート様……？」

アルフレートはどこか切羽詰まったような表情でレティシアを見下ろすと、そのまま目の前に片膝を突き、レティシアの両肩に手を置いた。

「え……」

首をわずかに傾けたアルフレートの唇が近づいてきたと思ったら、レティシアのそれを優しくふさぐ。

すぐに離れた。鼻同士が触れ合いそうな距離でじっと見つめ合い、再び唇が合わせられる。

乾いたアルフレートの唇は、ほんの少し震えていた。しばらくそっと触れたあと、上唇をついばんで、今度は下唇。そうしてもう一度、今度はさっきよりも少しだけ強く押し当てられ、ゆっくりと、惜しむように離れていく。

「おやすみ」

赤い顔でつぶやいて、アルフレートは入って来たときと同じように勢いよく馬車を出ていった。

幌に背を預けたレティシアは、時が止まったようにただその姿を見送っている。

胸がとくんとくんと音を立てる。鼓動はやがて全身を包み込み、夜の気温を上げていく。

＊

眠れない夜を挟んで早朝に出発した一行は、予定通り昼前に東部のゾイン侯爵領へと入った。

広大な田園地帯を越え、川沿いの街を進んでいく。

やがて道の両端には市場が並び、多くの人々が行き交うようになった。

「まるで王都のようですね。地方の大きな町は、どこもこんなに栄えているものなのですか？」

幌の小窓から外を覗き、レティシアは感心しつつ聞く。

「いや、ここは特別だよ。こんなに活気があるとは驚いたな」

アルフレートは、片膝を立てて窓の外を眺めている。

昔のことを思い出しているのかもしれない。そう思いながら横顔を見つめていると、視線に気付いたアルフレートは小さく笑った。

「ほら、もう着くよ」

街を抜け、鬱蒼とした深い森が広がる手前で、馬車は止まった。

（これが『魔の森』……）

見上げるほどに大きな森だ。木々が幾重にも重なって、ほんのすぐそこでも薄暗い。光も音もすべてを吸い込んでしまいそうな、まるでそれ自体が命を持っているかのような森の深さと巨大さに、レティシアはただ圧倒される。

森に寄り添う丘の上に、要塞のように堅牢な屋敷が建っていた。


「ようこそいらっしゃいました！　アルフレート殿下直々にいらっしゃっていただけるなんて、大変光栄ですよ！」

出迎えに並んだ人々の中から、ふわふわした髪にがっちりした身体つきの男が両手を広げて歩み出てくる。大きな声で、領主ゾイン侯爵だと名乗った。

「精霊騎士隊隊長としての訪問です。私が王太子だということは、滞在中はどうかご放念ください」

　アルフレートが応対すると、侯爵は豪快に笑う。

「いやいや、これは緊張しますな！　先日申し上げた通り何も特別なことはしていないので、ご期待に添えるかは分かりませんが、どうか存分に調査をなさってください」

　ぎょろりとした目を、アルフレートの背後に控える騎士隊一行に向けていく。

「騎士隊の皆様も、ここは平和な土地ですので休暇気分でごゆるりと。ご馳走を用意しておりますし、夜会も開催予定ですので……」

　不意に侯爵の言葉が途切れたので、馬車の傍ら、クリスの隣で息をひそめていたレティシアは、何かあったのかしらとそっと顔を上げた。

　そして驚く。ゾイン侯爵が、こちらに向けた大きな目を、さらに見開いていたからだ。

「侯爵、どうかしましたか」

　アルフレートが尋ねると、侯爵は我に返ったように笑う。

「いや、失礼。美しい女性が混ざっているのに驚きまして。そちらの方は……」

「彼女は私の婚約者です。今回は特例で同行させました」

　一片の逡巡もない口調で、アルフレートは言い切った。

　直前に説明を受けていたものの、レティシアはやはり居た堪れない気持ちになる。

「君のことは、俺の婚約者として紹介するつもりだから」

「えっ⁉」

「祈りの聖女だなんて知られたら、自由に行動することもできなくなる。せっかくこんなところまで来たのに、それじゃつまらないだろう？」

「でも、それでは」

「それに、もしも何かあったら聖殿に迷惑がかかってしまうよ。祈りの聖女だってことは、今回は秘密にしておくのが得策だ」

ごく当たり前のように押し切られてしまったのだけれど、レティシアが戸惑ったのは、祈りの聖女であることを伏せられることに対してではなかった。

アルフレートの婚約者だと紹介されることに対してである。


(分かっているわ。深い意味なんてないってこと)

若い女性を同行させるのに、最も自然な肩書を使ったに過ぎないのだ。

(だけど、なんだか今は少しだけ……)

昨夜のアルフレートの口付け。

唇と唇を合わせる行為が特別な意味を持つことは、レティシアでも知っている。

既に数えきれないほど胸の先から、いやもっと恥ずかしい場所からも雫を捧げてはいるが、それはあくまで神聖なる儀式上のことだ。

唇同士を合わせることとは、まったく違う。

（アルフレート様は、一体どんな気持ちで……）

そんな中、自分に注がれる異様な視線に気付いたのだ。

ゾイン侯爵がレティシアを凝視していた。驚愕と動揺、そして隠せない期待のようなものを織り交ぜた、明らかにこの場にそぐわないぎらぎらとした視線である。

レティシアはアルフレートが用意してくれた服を着ている。前掛けがついた動きやすい一枚布のドレスで、シンプルだが質の良いものだ。黒い髪も一つに編み、胸元に垂らしている。ごく普通の貴族令嬢の普段着だと説明されていたのだが。

（なにか、おかしいところがあったかしら）

いや、それも当然のことかもしれない。

アルフレートの婚約者だと聞けば、最上位貴族の令嬢を想定するはずだ。やはりレティシアでは、とてもそうは見えなかったのだろう。

（やっぱり私とアルフレート様は住む世界が違うのに。浮かれては駄目よ）

しかしもう一度顔を上げると、侯爵は何事もなかったようにアルフレートと会話を再開していた。レティシアは胸をなでおろしつつ、それ以上そのことを深くは考えないようにしたのである。


ゾイン侯爵のもてなしは、精霊騎士隊に対するものというより、完全に王太子とその御一行（ごいっこう）様に対するものであった。

屋敷の最上階は全て客室として提供されたが、中でも最も広い南向きの角部屋を、アルフレートはレティシアの寝室に割り当てた。

「わあ……」

部屋の中は明るく広く、白と薄緑を基調とした豪華な調度品が配置されている。

大きな掃き出し窓はバルコニーに繋がっていて、空が一望できるのだ。

「隣は俺の部屋で、その隣はクリスの部屋だけど使うなと言ってあるから安心して」

「使うな、とは？」

「嫌だろ。近くに他の男の気配があったら」

「でもそれでは、クリス様はどこで眠るのですか？」

「その隣にヘルマンの部屋があるから、そこで二人で寝ればいいよ」

当たり前のようにニコニコとしているアルフレートの表情に自分の常識が揺らぐような不安を覚えつつも丁重に諫め、クリスへの命令を撤回してもらったのだが。

「こんなに素敵な部屋を使わせていただけるなんて、緊張してしまいます」

「いいよ。本当は君と同室がよかったんだけど、さすがにまだ婚約中なんだから非常識だって言われてさ。意外とみんな純情なんだよな」

……婚約者の、偽装をしているだけですよね？

そう指摘せねばと思うのに、あまりににこやかな笑みを浮かべられるとどうも言いにくい。

「必要なものは整えてくれているみたいだな。他にいるものがあったら何でも俺に言って」

「そんな、これ以上なんて想像もできません」

昨夜、馬車に戻ってきたアルフレート。

こちらをじっと見つめてかがみこみ、優しく包み込むように口付けてくれた。

目が合っただけでそんなことが一気に思い出されてしまい、レティシアの頬を火照らせる。

(アルフレート様の唇は……こんな形だったかしら)

唇自体は薄いが輪郭が整っていて、口角がわずかに上がっている。

「レティシア？」

顔を覗き込まれて、レティシアは肩を震わせる。思わず両目をきゅっと閉じた。

少しの沈黙の後、頭の上にそっと掌が置かれた。

「今夜はゆっくり休んで。何かあったら俺の名前を呼んでね。つぶやくだけでもすぐ駆けつけるから」

笑って部屋を出ていく姿を見送りながら、レティシアはそっと両頬に手を当てる。

とくんとくんと速まる鼓動を、自覚してしまうのが怖い。

――特別な想いを抱いてはいけませんよ。

エデルガルドの言葉を心にしっかりと広げ、杭で打ち込んでおかねばいけない。だけどそれすら覆い隠してしまうほどに想いが胸を満たしていくのなら、一体どうすればいいのだろう。

*

「やはり、夜会を開催させていただけませんか」

馬の背に揺られながらゾイン侯爵が何度目かの提案を繰り出してきたのは、翌日の昼のことである。

「領地の若い娘たちが浮き立っているのですよ。精霊騎士隊の方々とお近づきになる絶好の機会だと。可愛い子もたくさんいるんですがね」

「ありがたいですが、今回の目的は領地の視察ですから」

口元に笑みを浮かべつつ、有無を言わせぬ口調でアルフレートは返す。隣でクリスが残念そうな顔をしているのは当然のごとく無視をした。

馬が進む両脇には、一面畑が広がっている。ふと視線を向けると、土手に数人の農夫が集まっているのが見えた。斜面の一部が崩れかけ、根がむき出しになった大木が斜めになっている。

「危ないですね」

「ああ、先日長雨がありましたからね。少々お待ちくださいますか」

侯爵は馬を下りてひょいひょいと畑へ入っていくと、崩れかけた斜面に掌を当てた。

バキバキバキと音を立て、水を含んで緩くなっていた土手の表面が硬さを取り戻していく。倒れかけていた大木も、盛り上がった土が根元を飲み込むことで固定された。

クリスが小さく口笛を吹く。

恐縮する農夫たちに手を振りながら、ゾイン侯爵はアルフレートたちの元へと戻ってきた。

「見事ですね。精霊騎士隊に推薦したいくらいです」

アルフレートの言葉に、鐙(あぶみ)に足を掛けながら侯爵はにんまりと笑う。

「いやいや、お恥ずかしい。若い頃は父から勧められたこともありましたがね。ただ、私にはやりたいことがあるものですから」

馬を旋回させると、侯爵は手綱を握るのと反対の手を大きく広げた。背後には先ほど出発してきた侯爵邸がそびえ立ち、そしてさらにその後方には深い森が広がっている。

「ここだけの話ですが、私は『魔の森』を攻略したいと思っているのですよ」

魔の森を越えたさらにずっと先には、肌の色が違う人々が住む国があるという。

遠い昔は交流があったらしいが、森の歪みに阻まれて、この百年は関係が断絶されたままだ。

「森の中は、強い歪みで進むこともままならないはずですが」

「ええ、ええ、そうです。しかし私ならできるとは思いませんか。なにせ、この東部の地から歪みを取り除けたのですから」

自信たっぷりに言い放ち、侯爵はアルフレートをじっと見つめた。

「殿下は覚えていらっしゃいますかな。かつてベルノルト王弟殿下とアルフレート殿下がこの地に滞在していた時、私はまだ二十代前半の若造でしてね。ベルノルト卿とは親しく話をさせてもらいました」

「申し訳ありません、私は幼かったので、あの頃のことはあまり覚えていないのです」

侯爵はあからさまに残念そうな顔を見せたが、気を取り直したように続ける。

「殿下、あなたの叔父上は実に立派な方でした。知識と行動力を併せ持ち、男から見ても魅力的だった」

懐かしむような表情で、侯爵は続けた。

「ベルノルト卿の悲劇を繰り返さないことが、残された私の使命だと思っています。あなた方精霊騎士隊と、私の志は同じですよ」

そういえば、と侯爵は不意に話題を変えた。

「殿下の婚約者殿は、滞在を楽しんでくださっていますかな」

「そうですね、穏やかに過ごしているようです」

「とても可憐な方ですな、羨ましいことです。ちなみに伯爵家のご令嬢と聞きましたが、どちらの家の方か、ぜひ教えていただけないものですかな」

「結婚前の非公式な訪問なので、申し訳ないが伏せさせていただければと」

「それはそれは。史上最強の精霊騎士である殿下の婚約者といえば、さぞ王都では注目の的なのでしょう。いやしかし、私は最近の王都社交界の事情にはとんと疎いのですが、それでも何も聞こえてこないというのはいくら何でも……」

「侯爵、あちらにも集落があるのですね！　立ち寄ってもいいでしょうか」

アルフレートの周囲の空気が冷え込んだのを感じたクリスが、明るい声で前方を示した。

一介の騎士が侯爵と王太子の会話に割って入るなど、あってはならないことである。しかしアルフレートが気にしていないそぶりを貫くので、不快そうな表情を浮かべたゾイン侯爵も咎める訳にいかないのか、一度咳ばらいをすると一行を先へといざなっていく。

アルフレートは、もう一度森を振り返った。

確かに、これほどまでに安定した土地は見たことがない。その上、魔の森を攻略して他国との交流を復活できるかもしれないなどと貴族院が知れば、どれだけの衝撃となるだろうか。

（だけど、警戒しておくべきだ）

少なくとも、この地に歪みが起きない理由が分かるまでは。

（歪むのに理由があるように、歪まないのにも理由がある）

アルフレートは、レティシアに向けられるゾイン侯爵の視線の異質さにもとうに気付いていた。純粋なレティシアを怖がらせるつもりはないが、それだけで警戒する理由は十分すぎる。

視線を、魔の森から侯爵邸へと移す。

最上階の南の端の部屋。そこでレティシアは、今頃何をしているだろうか。

昨夜はあまり眠れなかったと言っていたので朝食の後はゆっくり休むようにと伝えたが、そうしてくれているだろうか。護衛のヘルマンは近づきすぎず離れすぎず、適度な距離を守っているだろうか。やはり午後の視察はクリスに任せて、一旦屋敷に戻ろう。

――アル、泣くな。

その時、耳元を吹きぬけた風に乗って、懐かしい声が聞こえた気がした。

――もしかしたらいつか、おまえが……。

ずっと忘れていた、あの時の叔父の最後の言葉。

「隊長、どうかしましたかー？」

記憶の底を探っていたアルフレートは、クリスの呼ぶ声に顔を上げた。

「ああ、今行く」

そのまま軽く頭を振ると、手綱を緩めて皆のあとに続いた。

*

――て。す、て。

耳に迫るような声に、レティシアは目を開く。

（だめだわ……）

ベッドの上に身を起こすと、ため息をついて自分の額に手を当てた。

大きな窓からは、気持ちのいい風が吹き込んでくる。明るい部屋の中は清潔で、整えられた広いベッドの真っ白なシーツが心地いい。

（こんな生活を送っていたら、罰が当たってしまいそう）

レティシアがここに来たのは、エデルガルドの想いを胸に世界の様子を自分の目で確かめるためだ。

なのにここ、東部のゾイン侯爵領は、驚くほどに平和だった。

聞けばこの半年ほど、大きな歪みが起きていないらしい。そんな安全な場所だからこそ、アルフレートはレティシアを連れてこようと思ってくれたのだろうか。

（ううん、平和なことはもちろん素晴らしいのだけれど）

レティシアはベッドから下り、大きな掃き出し窓からテラスに出た。

廊下側の窓からは城下町が見下ろせるが、ここからは一面に広がる麦畑を一望できる。

風がざっと吹くたびに、黄金色の穂が一斉に揺れる。

（なんて、穏やかなのかしら）

平和な土地で、侯爵邸の人たちからも、まるで本物の貴族令嬢であるかのように親切に迎え入れてもらって。

朝食も昼食も食べきれないほどのご馳走を並べられ、寝心地のいいベッドをしつらえてもらえる。

とんでもなく身分不相応な扱いを受けてしまっているのが心苦しくて、そして何よりも。

（こんなにも素晴らしい場所なのに、どうして私は）

レティシアは深くため息をつく。

始まりは、昨夜のことだ。

アルフレートが部屋を出て行き眠りに就こうとベッドに入った瞬間、不思議な声が聞こえてきたのだ。

か細い声だった。巣から落ちた小鳥が助けを求めて囀（さえず）るような、頼りない声。

それは夢の中までも追いかけてくるように続き、昨晩はあまり眠ることができなかった。慣れない旅先で、神経がたかぶっているのだろうか。

風が吹き、左手に広がる大きな森の木々が手招きをするようにざわざわと揺れる。

（――す、て。――て）

ああ、まただ。

レティシアは足を踏み出した。テラスの上をゆっくりと、声に、森に導かれるように。

（――て。――す、て）

「レティシア」

現実に引き戻された。

「少しは眠れた？」

振り向くと、大きな袋を抱えたアルフレートが立っている。

「珍しい果物が売ってたからさ。こんな緑色のごつい見た目をして、中はすごく甘いんだ。もしも美味しかったら、聖殿へのお土産に……って、うわっ⁉」

レティシアは、アルフレートの胸の中に飛び込んでいた。

「どうしたの？」

「アルフレート様、申し訳ありません。少しだけ……」

レティシアは、アルフレートの胸に頬をつけた。アルフレートの身体はしなやかで硬く鍛えられ、そして温かい。隊服の下から、確かな鼓動が伝わってくる。

レティシアは、そっと目を閉じた。

心のざわめきが落ち着いて、五感が蘇ってくる。足元に地面があることが分かる。

不思議な声も、いつの間にか聞こえなくなっていた。

「ありがとうございます……あっ……」

目を開くとアルフレートの顔がすぐ近くにあって、レティシアは慌てて身体を離した。

「申し訳ありません、唐突にはしたないことを。ちょっと……その、心細くなって」

アルフレートはレティシアを見つめて、悪戯っぽく笑った。

「全然気にしないで。俺の方こそ一人で残してごめん。午後はずっとここにいるよ」

「アルフレート様には任務があるのに。私なんて、ここでゴロゴロしているだけで」

「そんなの最高じゃないか。ごろごろしている君も可愛いし、君がごろごろしているところに戻ってこられるなら仕事も頑張れる」

一度笑ってみせてから、アルフレートは心配そうな表情を浮かべた。

「やっぱり、こんな遠くまで連れてきて疲れさせちゃったんだね。今日はこのまま一日ゆっくり休んでいてよ。なんなら明日もそうすればいい」

レティシアは慌てて首を横に振る。

「そんなわけにはいきません。せっかくこんな素敵なところに連れてきていただいたのだし、私にはエデルガルド様との約束もあります」

それに、アルフレートの近くにいると、それだけで驚くほど身体が楽になるのである。

（本来なら騎士を癒すはずの聖女として、本末転倒だわ）

「午後からは、お散歩に出たいと思っています。もう十分休めましたし、街の様子を見て回りたいのです」

「無理しちゃだめだよ、レティシア」

「無理なんてしていません。それに、体を動かした方が夜ぐっすり眠れます」

アルフレートはレティシアの額に手を当てて熱を確認し、何かを考えるような顔になった。

「そしたらさ」

レティシアの顔を覗き込み、優しく笑う。

「一緒に来てほしいところがあるんだけど」

「ほら、あそこがさっき見せた果物を買った露店。あっちの店で売っているのは、この地方に昔から伝わる染色技術の布地だって。気に入ったのがあったら言って。あそこの店、面白い絵がたくさん飾られてた。見に行く?」

矢継ぎ早に説明されて、レティシアは大急ぎできょろきょろする。

アルフレートにしっかりと手を繋いでもらっていなければ、人ごみにさらわれてもみくちゃになり、あっという間に迷子になってしまうことだろう。

「ほら、あそこに並んでいるのは屋台だね。右から焼き菓子、揚げ菓子、串に刺さった川魚に、ポップコーンも売っている。いいな、食べていこうか。どれがいい?」

「も、申し訳ありません、アルフレート様。少々お待ちくださいませ」

髪に巻いたスカーフをアルフレートに引かれているのと反対の手で押さえたまま、レティシアは喘いだ。

「あ、ごめん。疲れたかな」

「いえ、申し訳ありません」

大通りの片隅に立ち止まり、息を整える。

「あまりにも人がたくさんで。あと、お店もたくさんで、目が回ってしまいそうです」

王都では孤児院に行くことはあったものの、往復は馬車に乗っているだけだった。かつて聖女に選ばれる前、北部の孤児院にいた時に市場へお使いに行ったことはあったが、北部はここほど栄えてはいない。

記憶の中にある北部の市場と、この東部の市場は活気が大違いだった。

「そうか、ごめん」

アルフレートは、レティシアの頭をそっと撫でてくれる。そして悪戯っぽく笑った。

「俺、ちょっと浮かれてるな。念願の君との初デートだからさ」

「デート……！」

やっと呼吸が落ち着いてきたのにそんなことを言われて、また動揺してしまう。

レティシアは、そっと周囲を見回した。

子供を抱いて買い物をする父親、大声で野菜を売る老人、駆け抜ける子供たち、おおらかに笑う女性たち、そして、肩を寄せ合う恋人たち。

自分とアルフレートは、どんなふうに見えるのだろうか。

茎が刺さっている。

「あ、ちょっと待って、レティシア」

アルフレートはすぐ近くの屋台に駆け寄ると、ポケットから出した小銭を店主に渡した。すぐに、茶色の丸い果物を両手に戻ってくる。ごつごつとした表面に穴があけられ、管状の茎が刺さっている。

「はい」

差し出されたそれを、レティシアは慎重に両手で受け取った。見た目より重く、たぷん、と内側で液体が揺れる感覚がした。

「こうやって、ここを吸い込む」

アルフレートは茎の端に唇をつけてみせる。恐る恐るそれに倣い、息を吸い込んだレティシアの口の中に、爽やかな味が一気に広がった。

「まあ……！　瑞々しくって、とっても美味しい！」

甘酸っぱくて冷たくて、そしてとっても爽やかだ。胸の奥にくすぶっていた重いかたまりが、溶けていくようですらある。

アルフレートも、嬉しそうに笑った。

「買い食いなんて初めてだよね。気に入ったなら、たくさん買って帰ろう」

茎に唇をつけながら、レティシアはアルフレートを見上げた。明るい青空を背に笑う笑顔がまぶしい。金色の髪に光を受けながら、首をわずかに傾けてこちらを見つめてくる仕草が、可愛い。

（アルフレート様の髪って、陽の光の下だとこんなに輝くんだわ）

孤児院では、確かにアルのこういう姿はよく目にしていた。しかし彼がアルフレート・ヴァリス・レーメルン殿下だと知ってから、こんなにも明るい日差しの下で会えたことはない。

聖殿の懺悔室や馬車の中、屋敷の寝室など、薄暗い場所で顔を合わせるばかりだったから。

周囲を行き交う女性たちが、皆チラチラとアルフレートに視線を送っている。大通りの片隅にいても、アルフレートの人目を引く凛々しさと華やかさは、隠すことができないのだ。

（まるで、大輪の花のようなひと）

「どうかした？　レティシア」

「いえ、なんでも……」

レティシアは、スカーフのすそをぐっと抑えた。

珍しい黒髪が悪目立ちしてしまうかもしれないとスカーフを巻いてきて、本当によかった。

熱く火照る自分の顔を、隠すことができるのだから。

一方、周囲からの視線に慣れきっているのか全く頓着することなく果汁を飲みつくしたアルフレートは、太陽の角度を見上げて何かを確認した。

「そろそろかな。レティシア、こっちにおいで」

カラになった果実をレティシアから受け取って店主に返すと、手を握りなおして歩き出す。

どこに行くのだろうと戸惑いながらも、繋がれた手の温かさに胸が跳ねてしまう。

(ああ、きっと私は)

こうやってアルフレートに手を引かれていられるのなら、どこまでも歩いていける気がするのだ。

見たことのない場所でも、たとえ魔の森を抜けた先にあるというまったく知らない国だとしても、きっと、ちっとも怖くない。

(ううん。いっそ、その方が)

レティシアが祈りの聖女でアルフレートがこの国の次期国王であることなど、誰も知らない国。そんなところにこのまま二人で行けたとしたら、そうしたら。

「ほら、ここ」

アルフレートが不意に立ち止まったので、レティシアははっとする。

(一体今、私は何を考えていたの……?)

動揺するレティシアに気付かずに、アルフレートは目の前の建物を見上げている。それは、喧騒(けんそう)から離れた町の裏手にたたずむ小さな学校だった。

「ここに、なにが……？」

戸惑うレティシアの手を引いて門をくぐったアルフレートは、振り返ると唇に人差し指を立てた。

建物の奥から歌声が聞こえてくる。子供たちの明るい声に、レティシアの口元はほころびかけて……そして驚きで、息を呑んだ。

アルフレートと繋いだ手に、無意識に力がこもる。

「これ……」

ゆっくりとした優しいメロディー。糸をつむぐ動きになぞらえながら、この世界の自然の美しさを、精霊に感謝していく歌詞。

振り返ったアルフレートが、笑みを浮かべて頷いた。

それはまさに、レティシアが子供の頃からずっと口ずさんでいた歌。孤児院で子供たちにもよく歌っていたものだったのだ。

――いつから知っていたか、本当に分からないのです。

いつだったか、アルフレート……当時は商家の息子「アル」だと思っていた彼に、歌の名前を問われたことがある。

――名前も知りませんし、昔いた北部でも、今……暮らしている場所でも習ったことがないのです。だけど気付けば歌えるようになっていて。周りにこの歌を知っている人もいなかったので、とても不思議なのですが。


あの時アルは、何と返してくれたのだろうか。

そう、思いがけないことを言われて、レティシアは驚いて……とっても、嬉しかったのだ。

――もしかしたら、ずっとずっと小さい頃、レティシアのお母さんが歌ってくれたのかもしれないね。


「レティシア、大丈夫？」

はっと気付くと、あたりは夕方になっていた。レティシアはベッドに横たわっている。ここはゾイン侯爵邸の、レティシアが滞在している部屋だ。

「申し訳ありません。私、ぼーっとしてしまって……」

ベッドの傍らに心配そうな顔で膝を突くアルフレートに、レティシアは身を起こして答えた。

町の学校で、子供たちの歌を聞いて。

それから一体どうやってここまで戻ってきたのか、記憶がひどく曖昧である。

窓からは終わりかけの夕焼けが見えている。急速に、世界が夜に移ろっていく。

「私、ご迷惑をおかけしなかったでしょうか？」

「全然。だけど、すごく驚いた様子だったな。先に言っておけばよかった。ごめんね」

アルフレートは立ち上がり、ベッドの端に腰掛けた。

「孤児院で君の歌を聞いた時、聞き覚えがあるって思ったんだ」

長い指を口元に当て、思い出すような顔になる。

「東部だって思い出したのは最近だよ。叔父とここに来た時に地元の子供たちと遊んだんだけど、その時にみんなが歌っていたんだ。この土地に昔から代々伝わる歌だって。あの頃のことは、ずっと記憶の片隅に追いやってしまっていたみたいだ。思い出すのが遅くなって、ごめん」

暗がりの中レティシアを見て、アルフレートは少し恥ずかしそうに笑った。

「ここにレティシアを連れてくれれば、もしかしたら君の親のこととか何か分かるかもしれないと思ったんだ。何も覚えていないのが寂しいって、前に言っていただろう？」

「アルフレート様……」

そんなことを話したのは、孤児院で出会ったばかりの頃だ。だいぶ前のことで、それもなにげない会話の中でのことだったのに。

「ありがとうございます。私が育ったのは北部の孤児院ですし、どうして東部の歌を知っているのか、やっぱり分からないのですが、ここに来られて本当によかったです」

胸元に両手をあてて、レティシアは微笑んだ。

「だけど……東部ではなくても、きっとどこでも嬉しかったです」

ここに来るまでの、そして昼間の市場で感じた気持ちを思い出す。

あんなにも煌めいてワクワクすることは、今までなかった。

「アルフレート様と出会って、私の世界は広がりました。アルフレート様と一緒なら、きっとどこに行っても幸せです」

アルフレートの瞳がキュッと細められた。唇を噛み、レティシアの手を取る。

「レティシア、それは俺の台詞(せりふ)だ」

手首に口付けながら向けてくる熱い視線が、レティシアのそれと絡み合う。

「君はいつだって、俺の世界に色をくれる」

まるで引き寄せられるように、二人の唇は重ねられていた。

アルフレートの指が、レティシアの乳首の先端をとんとんと弾いている。

「はっ……んっ……」

甘いしびれが体の芯を貫いて、思わず声がこぼれてしまった。

「お、お待ちください……まだ、詠唱を……」

まだ祈りの言葉を結べていないレティシアの、その場所からは雫があふれることはない。しかし先ほどからひっきりなしに胸の先をつつかれては中に押し込まれ、弾かれ摘まれて、と繰り返されているのだ。これでは、祈りどころか息継ぎすらままならない。

「これでは、意味が……ありません。少しだけ、お待ちを……」

まだ雫が出ない胸の先は、既にはしたなくぷっくりと芯を持ち、アルフレートの視界にさらされている。

「意味なら充分あるよ」

かり、と、アルフレートが右の乳首に歯をあてた。優しくふにふにと噛み、硬くなった先端を舌先でなぞる。

「あっ……」

「俺は君のこの場所を口に含みたくてたまらないし、君だってこんなにも可愛い声をあげてくれている。これ以上の意味なんか必要ある？」

「だ、だって、これは……アルフレート様の、力を補うための……」

唇が優しく合わせられた。そのまま、アルフレートの両手はレティシアの胸を下から持ち上げ、たゆたゆと手の中で揺らす。指先でくり、と先端をつままれた。

「あっ……」

「あまり声を出したら、今度こそみんなに聞こえてしまうかもね。クリスたちも戻ってきているころだから」

目を丸くするレティシアを、アルフレートはいたずらっぽい笑顔で覗き込む。

「だ、だめ……です。あっ……」

すくい上げられた右の胸先が、またも甘噛みされる。もう何度目だろうか。小さく尖った先端が熱を帯び、じんじんとしびれている。

「アルフレート、さま……」

「声を出していいよ、レティシア。君が俺のものだってこと、みんなに知らしめたい」

「そ、んな……」

「ほら、ここからも」

「あっ……！」

いつの間にかスカートがめくりあげられて、両脚の間にアルフレートの手が入り込んでいる。

下着越しに、恥ずかしい場所を下から上へとなぞられた。

「っ……だめ……」

制止してもその指が止まることはない。さらに上から下へ。何度も往復されるたびに、火照るように熱がたまっていく。

「だめです、アルフレート様、そこも……詠唱していないので、意味は……」

「意味ならあるって言っただろう」

下着が足から抜かれてしまう。

「あっ……！」

レティシアは、震えながら懇願する。

「だめ、詠唱を……せめて、詠唱をさせてくださいませ……アルフレート様」

詠唱をしないと、この行為に理由が付けられなくなってしまう。

たった一つの理由しか、残されなくなってしまう。

アルフレートは、はあっと息を吐き出した。

こちらを見つめる目元が赤い。精霊騎士隊の精鋭たちを率いる次期国王であるアルフレートが、いっさいの余裕をかなぐり捨てたように、ベッドの上のレティシアを見下ろしている。

「……分かった。それじゃあ雫をここから取り込みやすいようにこうやって」

「えっ……あ……」

アルフレートにされるがままにぼんやりと身体の力を抜いていると、気付けばレティシアは、両手で自分の両膝を、自ら抱える格好にさせられてしまっていた。

「ま、待ってください、こんな格好……」

自分で自分の両脚を開き、その奥の恥ずかしい場所をアルフレートに捧げているのだ。

「ほら、ちゃんと詠唱して。雫を取り込むから」

促されて、震える唇で祈りの言葉を口ずさむ。

レティシアのか細い声が部屋に頼りなく響くうちに、やがて胸の先が熱くなり、そして秘所の奥からも、とろりとしたものがあふれてきた。

その頃にはレティシアは完全にベッドに倒れこんでしまい、ただ両脚を真上に向けて、ひたすらに祈りを詠唱している姿勢になっていた。

あまりの恥ずかしさに、目を開くことすらままならない。

アルフレートの指が秘所に触れた。閉じたその場所を何度かなぞったと思ったら、ぷちゅりと奥に埋められる。

「あっ……」

思わず目を開いたレティシアは、自分たちの周りを橙色の灯りが囲んでいることに気付く。

すっかり日が落ちて暗くなっていた部屋の中を、まるで炎の玉のような小さな温かい明かりがいくつも、ふわふわと浮遊しているのだ。

「や……な、にを……」

宙に浮かんだ小さな炎は、ぷかんぷかんと泳ぐように、レティシアの恥ずかしい場所を、アルフレートの視界の中に浮かび上がらせている。

「アルフレート様っ……こんなことで精霊の祝福を使っては、いけませんっ……」

「いいだろう。君の姿をもっとちゃんと見たいんだ」

悪びれずに言ってのけるアルフレートに、更に苦言を呈しようとして……。

「ああっ……」

割れ目をなぞる指が、その上に隠れていた小さな核に触れる。もう、レティシアは知っている。そこを触られるとだめなのだ。力が抜けて、何も分からなくなってしまうのだ。

「ここが特に熱い。小さくて芯を持って……可愛い。ほぐしてあげるね」

「や、ほぐさな、あっ……」

いつの間にか服は更にはだけられ、レティシアの身体は全て隠すことができないまま、宙に浮かんだ明かりの下でアルフレートの視線にさらされている。たゆたゆと揺れる白い胸のふくらみも、真っ赤になって喘ぐ顔も、浮かんだ汗の粒さえも、アルフレートは閉じ込めるように見下ろして、息を吐き出すと笑った。

「綺麗だな、レティシア。その感覚に身を任せてみて」

核に当てられた指が細かく揺れる。くりゅくりゅと指先で転がされたそこは充血し、一気に熱をおびていく。

「あっ……んっ……だめ、やっ……アルフレート様、こわい、だめです……」

儀式で胸の先端を執拗になぶられた時。初めて秘所に、唇を当てられた時。いつだってとんでもない刺激を与えられてきたが、今またそれらをさらに凌駕する波が押し寄せてくる。

痛さを感じるほんの手前で、思いもかけない方向に曲がっていってしまうような。レティシアの腰が、はしたなく勝手に持ち上がっていく。

「アルフレートさま……‼」

ぷちゅ、と奥から今までにないほどの雫があふれたその瞬間、瞼の裏に光が跳ねた。

「あああっ……」

全身が弛緩していく感覚の中、二人を照らしていた炎も掻き消えていく。

やがて、周囲は暗闇に沈んだ。

言葉を紡ぐことも、指一本動かすこともままならない。ただ熱を帯びた身体を震わせながら、レティシアは息を弾ませた。

「アルフレートさま……」

名前を呼ぶ。

「アルフレート、さま……」

暗闇に少し慣れた目に、アルフレートの姿が見えた。

濡れた自分の指をそっと舐めながら、レティシアを見下ろしている。

「レティシア」

「アルフレートさま」

名前を呼び合い、伸ばした両手の指先を、互いに絡めるように繋いだ。

そのまま体を近づけて、キスをする。

唇が熱い。触れ合った指が、掌が熱い。身体の芯が、燃えるように熱い。

長い長いキスを繰り返し、ぷつりと唇同士を離す。

「レティシア……」

掠れる声で、アルフレートがつぶやいた。

「俺、この旅が終わったら、君に伝えたいことがあるんだ」

「なんでしょうか……?」

アルフレートは照れくさそうに笑う。

「まだ内緒。王都に戻ったら伝えるよ」

もう一度口付けて、一瞬何かに耐えるように目をきつく閉じると息を盛大に吐き出して、アルフレートはレティシアの隣に勢いよく横たわった。

「あ――――」

「ど、どうかしたのですか？」

両手で顔を覆いながら、アルフレートは「なんでもない」と呟いた。

指の間から視線を合わせると、力が抜けたように微笑む。

「君が眠るまで、ここで手を繋いでいていいかな」

「そんなことをしては、疲れてしまいませんか？　明日も仕事があるのでしょう？」

「だからだよ。君と一緒にいれば、完全回復できるからさ」

笑いながら、そっと手を包むように握られた。

（アルフレート様）

つないだ手の温かさと心地よい気怠さに身を任せながら、レティシアはそっと瞳を閉じる。

胸の鼓動が、とくんとくんと、静かな夜の闇の中に溶けていく。

＊

翌日の昼である。

レティシアは、侯爵邸の中庭のガゼボに一人座っていた。

周囲を取り囲む花壇には、今が盛りの花が咲き乱れている。

今朝早くからアルフレートは侯爵と共に執務室にこもっている。視察してきた内容を元に、貴族院への報告書を作成するということだ。

朝食を共にした時も、アルフレートはいつもと変わらない笑顔を向けてくれた。

まるで、昨夜のことなんてなかったかのように。

(だめね、私一人でこんなに動揺していては。心を落ち着かせないと)

気付けば、太陽はかなり高い位置に上がってきている。

(そろそろ、お昼のお祈りの時間だわ。部屋に戻らなくては……)

立ち上がった瞬間、世界が、くらりと揺れた。

——けて。す、けて。

鳥が飛び立っていく。太陽の光がひどくまぶしい。さっきまでと同じ爽やかな景色が、やけに遠い世界のもののようだ。

(ああ、まただわ。またこの発作が……)

いや、今までで一番大きなものだ。

動揺を抑えようと、大きく深呼吸をした時だ。

今までよく聞き取れなかった声が、ついにはっきりと耳に届いた。

――たすけて。

まだ幼い、女の子の声。

そう理解した瞬間、レティシアは地面を蹴って走り出していた。

＊

「隊長？」

遠慮がちな声に、アルフレートはハッと顔を上げた。

「大丈夫ですか」

こちらを窺うヘルマンに、頷いてみせる。

「ああ、続けて」

なんだろう。妙な胸騒ぎがした。

侯爵邸の執務室で大きな地図を囲んでいるのは、アルフレートとヘルマン、そしてゾイン侯爵だ。

「騎士隊員で手分けして領地を回った結果を、こちらに書き込みました。ゾイン侯爵領には、本当に大きな歪みがありません。過去の歪みの形跡も確認しましたが、やはり半年前から急速に減っているようです」

机を挟んだ正面で報告を見守る侯爵は、満足げに頷いている。

「しかし、領地の端ギリギリまで行けば、小さいものですが歪みの痕跡はありますね。自然に消える程度のものですが」

地図上に立てた数本の赤いピンを、ヘルマンは淡々と示していく。

「まあ、その程度なら出ることもあるでしょうね。しかし、この地が他と比べて圧倒的に歪みとは無縁の地であることは変わらないのではないですか？」

早口にまくしたてながら、侯爵はとんとんと指で地図の端を打つ。

「確かに。これほどまでに歪みがなくなった理由には、やはり心当たりがないのでしょうか」

何度目か分からない質問をヘルマンは繰り返したが、侯爵は変わらず嬉しそうに答えた。

「何度でもお答えしましょうとも。答えは『否』。あるとしたら、十二年前の悲劇を教訓に、ただ実直に日々を過ごしていることくらいでしょうか。そのように、貴族院には報告してほしいですな！」

地図を見下ろしながら、アルフレートはつぶやいた。

「まるで、王都のようですね」

王都にも、ここ十年歪みらしい歪みは出ていない。

それはアルフレートの強い力の恩恵ではないかと貴族院はおもねるが、そんなことはないと、アルフレート自身がよく分かっている。

ふと、視線を感じて顔を上げた。

ゾイン侯爵が自分を見ている。アルフレートの中の精霊の力がざわりとうごめいた。

「王都には、他の地にないものがあるからではないですかな」

「他の地にないもの……？」

「アルフレート殿下、あなたと私の思想は似ている」

ゾイン侯爵の口元が、笑みの形に歪んだ。

「なぜ精霊から深く愛された我らが、祝福から見放された者を護らねばならないのか。十二年前の悲劇を経て、私は思い知りましたよ。弱きを護る愚かしさを」

「ゾイン侯爵、何をおっしゃっておいでか」

アルフレートを背に庇うようにヘルマンが前に出た。しかしゾイン侯爵はアルフレートから視線をそらさない。その目が血走っている。

「レティシア嬢、あれは祈りの聖女でしょう」

「彼女は俺の婚約者だ」

「殿下、あなたは聖女を知らなすぎる。彼女たちの力は素晴らしい。もっともっと、利用価値があるのですよ。しかも彼女は、黒髪の聖女だ」

「黒髪の聖女……?」

「助けてくれ‼」

その時、部屋の扉が勢い良く開かれた。

とっさに身構える三人の前に、中年の男が転がり込んでくる。髪も髭(ひげ)も伸び放題で粗末な服をまとった男は、ギラギラと目を血走らせてアルフレートの足元に跪いた。

「王都騎士隊の方でしょうか、お願いです、私の娘を……ラナを助けてください‼」

続いて飛び込んできた侯爵家の護衛たちが、背後から男に飛び掛かっていく。男は口元を抑えられ、うつぶせに床に倒された。

「大変失礼しました。こいつは頭がおかしい領地のつまはじきで。以前から手を焼いているのですが」

笑みを張り付けたゾイン侯爵が、護衛たちに男を連れていけと命じる。羽交い絞めにされ引きずられつつも、男は鬼気迫った形相で叫んだ。

「助けてください‼　お願いです……私の娘を‼」

悲痛な声。喉から血が流れるような叫び。

遠い過去、この地で聞いたものと同じ。

「隊長、レティシア様が‼」

廊下からクリスの叫びが聞こえたその刹那、床を蹴り、アルフレートは部屋を飛び出した。

*

ほんの少し足を踏み入れただけで、森は光を飲み込んでしまう。

「魔の森」の中を、レティシアは迷うことなく進んでいった。

奥へ、奥へ。

薄暗さに目が慣れると踏み固められた場所が分かるようになる。いや、レティシアの目には鈍く光っているかのように、進むべき道が浮かび上がって見えていた。

——助けて。

そうしている間にも、確かな声が聞こえてくる。森の奥へと続く道の、その先から。

（ああ、どうしてもっと早く気付かなかったの）

気がせいて、レティシアはスカートを持ち上げると走り出した。

ぬかるみで足首をひねってしまう。泥が跳ね、茨でふくらはぎに傷がつく。それでもけっして立ち止まらず、森の中を駆けていく。

この領地に来た時から、ずっと違和感を覚えていたのに。

今ならはっきりと分かる。この地の空気には、悲痛な叫びが満ちている。

(歪みがないなんて、嘘)

空気をきしませるように、地面の下を震わせるように。

ああ、こんなにも、この地は歪みで満ちているではないか。

だけどそれを、必死で抑え込んでいる力があるのだ。

足がもつれて前のめりに倒れこんだ。その瞬間に開けた視界の先に広場があり、崩れかけた小屋がぽつんと建っている。農具の倉庫を兼ねているような、古く粗末な小屋である。

階段を上がり、扉を開いた。

薄暗く、がらんとした部屋だ。椅子と机が壁際に置かれただけだ。

目を凝らして慎重に進むと、床の一部が他よりも新しい木でできているところに行きついた。

這いつくばって周囲をなぞる。取っ手はないが、指でたどると隙間があるのが分かった。

「そこにいるの？　待っていて、今開けるから！」

隙間に指を突っ込んだ。爪が折れるのにも構わず、両手の先に力を籠める。

すすり泣く声が聞こえてきた。

「もう大丈夫よ。ごめんなさい。すぐに気付けなくて、ごめんなさい」

ギギ、ときしむ木の板を持ち上げていく。両手が震えるほどに重いが、最後は肩を使って全身で押し上げていった。

「大丈夫よ、大丈夫」

自分に言い聞かせるように繰り返しながら、無意識に歌を口ずさんでいた。糸つむぎの作業になぞらえて精霊への感謝を謳う歌。懐かしくなる、温かなメロディー。

頭の中まで響いていた、怯えるような呼吸が次第に落ち着いていく。

歌を口ずさみながら、レティシアはついに、板を反対側に倒すことに成功した。

人一人、足を折ってやっと入れるほどの四角く狭い穴倉に、少女がうずくまっている。

顔も服も泥だらけで、涙でぐしゃぐしゃな顔をして、口には布を噛まされて、両手と両足をそれぞれ縛られている。

レティシアは穴の中に上半身を入れ、両腕を広げて彼女を抱きしめた。

震える温かい身体にホッとして、口元の布を取り去る。

「あ……」

十歳前後だろうか。少女はガチガチと歯を鳴らしながらレティシアを見上げた。

「もう大丈夫。私を呼んでくれたのね、偉いわ、もう大丈夫だから」

「あ、あ……」

少女はぱらぱらと涙をこぼす。その髪の色は、レティシアによく似た夜のような黒だ。

「ごめんなさい、ごめんなさい。お祈りするから、許してくださ……」

ミシミシと床が鳴り、小屋がぐらりと揺れだした。

「大丈夫だから、落ち着いて……！」

穴倉から引っ張り上げた少女を、レティシアは必死で抱きしめた。

バリバリと音を立て、太い木の根がまるで生き物のように床板を突き破って飛び出してきた。ぐるぐるとうねり旋回しながら天井にぶつかり、また床に突きささる。

（だめだわ、この祈り方では）

恐らくこの少女は、とても強い祈りの力を持っている。

しかし今、恐怖で制御できなくなったその力が、周囲の精霊を暴走させはじめたのだ。

レティシアは少女を抱きしめたまま、床に転がってギリギリで木の根を避けた。

窓の板戸を跳ね上げて、今度は尖った葉っぱが一斉に飛び込んできた。空を切り裂き、レティシアの頬をかすめて連続して床に突きささる。

（外に出なくては）

小屋は今や、周囲の植物たちに一斉に生じた歪みによって押しつぶされようとしていた。

少女はしゃくりあげながら、レティシアにしがみつく。

（私しか、守れる者はいないんだわ）

震える小さな体を胸に抱きしめながら、出口を目指す。

「地の精霊。私たちは敵ではない。あなたたちの選択を阻害する者ではない」

小屋の中は、まるで嵐だ。縦横無尽に荒れ狂う根や枝を睨むように見据える。

「私たちの祈りを聞いて。私たちも自然の一部。理の一部だと受け入れて。あるがままを受け入れて」

一瞬、凶器と化していた木々が動きを止めた。

（今だわ）

床を蹴り出口へと駆け出したその瞬間、足元が大きく揺れた。少女を抱きしめて床に転がるレティシアめがけて、無数の刃と化した枝が、一斉に襲い掛かってくる。

「――――‼」

とっさに、レティシアは少女を庇って身を伏せた。

静寂。

きつく閉じていた瞳を開き、恐るおそる顔を上げる。

目の前に、膝を突いている人がいた。

身体全体でレティシアを護るように壁になり、背中に回した剣で木々の攻撃を受け止めている。次の瞬間には剣から鋭い旋風が巻き上がり、受け止めていた鋭い枝を弾き飛ばした。

「アルフレート、さま……」

ほうっと、アルフレートは息を吐き出す。

「よかった、間に合った」

やれやれと肩をすくめる。いつも通りのその表情に、レティシアの全身を縛り付けていた緊張がほぐれそうになる。

ブルーグレイの瞳が、左から右へとざっと動いた。それだけで、状況のすべてを彼は把握したようだ。同時に何を為すべきかも。

「待ってて。すぐに終わる」

囁いて、左手だけを剣から離すと腰に下げた短剣を抜く。ブレイド部分をちろりと舐め、そのまま床に突きさした。

ぐわんと床が波打ち、床板を突き破ってうねりを上げていた太い木の根たちが、びんっと直立不動になったと思ったら、一気に枯れて腐り落ちた。

（すごい……）

「もう大丈夫」

アルフレートはレティシアを見て頷くと、余裕すら感じさせる表情で両手で剣のグリップを握りなおす。その仕草には隙がなく、すべてが淡々と落ち着いている。

「アルフレート様！」

背後から、新たな枝が扉を突き破って襲い掛かってきた。

アルフレートは動じることなく即座に体を回転させ、うねりを上げる枝たちを、横向きに構えた剣で受け止めた。ブレイドが赤く光り、炎が枝を覆いつくしていく。

上下左右から一斉に襲い掛かってきた枝を、アルフレートはレティシアの目ではとらえられないほどのスピードで受け止め跳ね上げ刻んでいった。

遂には疾風を巻き起こしながら、一気に跳ね返してしまう。

「レティシア、出るよ」

少女ごとレティシアを抱き寄せて、力強く床を蹴る。

風が吹く。ぶわり、と重力を無視した弧を描いて、二人を腕に抱いたアルフレートは小屋を飛び出し地面の上に舞い降りた。

「隊長、大丈夫ですか！」

ヘルマンが転がるように駆け寄ってくる。その後ろから騎士隊員を引き連れて、クリスが走ってくるのも見えた。

振り返ると、大蛇のように肥大した枝や根に巻き付かれた古い小屋は、握りつぶされる寸前だった。アルフレートが手をかざすと鋭い風が巻き起こり、絡みついた木々を切り裂いていく。

「レティシア、怪我はない？」

「アルフレート様、私は大丈夫です。それよりもこの子を」

「救護班、前に！」

ヘルマンが少女をレティシアの腕から引き取ると、クリスが手早く彼女の手首や足首の拘束を解いていく。

「この子が、この地の歪みを抑えていたのです。監禁されてたった一人で、暗闇の中、この地の歪みを抑え込んでいたのです」

アルフレートは目を見開いてレティシアを見た。

「まさか、そんなことができるなんて」

「この地は、歪みがない土地などではありません。すべてはこの子の力です。この子には、祈りの精霊の力があります。それも、今までにないほど強い……彼女を聖殿で保護します。すぐに王都に連れて帰る準備をしてください」

「そんなことをさせてたまるか‼」

野太く吠(ほ)える声と共に、どんっという地響きが森を震わせた。

地面に転がりながら振り返ると、広場の中心が陥没して、小屋が潰れていくのが見えた。

「レティシア！」

次の瞬間、視界はアルフレートの背で覆われる。

ああ、さっきと同じだ。また護られてしまった。

ほんの一瞬の間に、まるで連続する絵画のように一つ一つの状況がレティシアの目に焼き付いていく。

「やっと見つけたんだ。このゾイン侯爵領こそ聖女の始まりの地。選ばれし聖地となるべき場所。私こそが、この国の救世主になるのだから‼」

アルフレートの向こうから、ゾイン侯爵の上ずった叫びが響いてくる。

盛大な土煙が舞い上がった。息ができない。

「捕えろ！」

視界もはっきりしない中、騎士たちの叫ぶ声と土を蹴る音が交錯する。

「隊長……アルフレート隊長っ……！」

誰かが悲痛に叫んでいる。

震える大地の上、レティシアはピクリとも動けないまま、ただ目の前の光景を凝視していた。

徐々に収まっていく風塵（ふうじん）の中、アルフレートの姿が浮かび上がってくる。

その背から、剣のように尖った太い枝が伸びているのはどういうことだろうか。

赤黒い血が、白い隊服をみるみるうちに侵食していくのは、何が起きているのだろうか。

腹から突き刺さった歪みの枝が、アルフレートの身体を貫通している――。

「アルフ……レート、さま……」

アルフレートの身体が、がくりと膝から崩れ落ちる。

――歪みを帯びた凶器で傷をつけられた人間が、どうなるか知っている？

「いや……」

――理性を失って、最期には――。

「アルフレートさま……！」

掠れた自分の声が、悪い夢のように聞こえている。

今まで積み上げてきた、二人の時間も思い出も。

いっそ最初から、すべてが夢だったとでも嘲笑（あざわら）うように。

――俺、この旅が終わったら、君に伝えたいことがあるんだ。

＊

ガゴン、と鈍い音がして、レティシアはハッと顔を上げた。

侯爵邸の執務室の壁にヘルマンが握った拳をめり込ませている。拳には血がにじんでいるが少しも頓着せず、表情を抜け落としたままだ。

彼の隣に立つクリスも、その様子を見ても何も言わない。

ただ苦しげに、先ほどからため息を繰り返すばかりだ。

嵐のような雨風が打ち付ける窓の外にはいつの間にか闇が落ち、とんでもない一日の終わりを示している。

アルフレートを貫いたのは、歪みによって急激に変質した太い木の根だった。

レティシアの背後の地面を突き破って飛び出してきたその歪みの凶器が、とっさに間に入ったアルフレートの腹部から背へと貫通したのだ。

――私が救世主だ、私こそが！

取り押さえられた侯爵は、騎士隊に縛り上げられながらもそう叫び続けていた。

侯爵邸に戻ったレティシアたちを迎えたのは、護衛に拘束されていた男だった。彼は小屋にいた少女を抱きしめて泣き崩れた。

侯爵領の外れで小さな畑を耕しつつ男と娘は二人で暮らしていたが、半年前、ゾイン侯爵が突然現れ、娘を連れ去ってしまったという。

「あの子はそれからずっと、侯爵邸の地下で祈りを捧げさせられていたらしいですね。数日前、アルフレート隊長一行が王都から訪問するという知らせを受けて、あの小屋に移されたということです」

侯爵夫人をはじめとした侯爵家の人々は、顛末（てんまつ）を聞くと疲れ切った表情で観念し、すべてを告白してくれた。

ゾイン侯爵家に代々続く書物に、とある聖女に関する記述があるという。

それは夜の闇のような髪を持ち、祈りの精霊に最も愛された、すべての始まりの聖女。

彼女の祈りは祝福を回復するだけでなく、周囲の歪みを消し去る力すら持つという。

歴代のゾイン家当主が迷信だと意に介さなかったその伝承を、現当主だけはなぜか信じた。

彼は長い時間をかけて領地中を調べさせ、ついに半年前、ラナという黒髪の少女を見つけ出した。

そして彼女を脅して無理やり祈らせ、この地から歪みを消したのだ。

しかしラナは聖女としての正しい知識を持たないため、ただ恐怖の感情で歪みを押さえつけていただけだった。ラナが祈ることをやめた今、捻じ曲げられていた歪みが領地のあちこちで一斉に暴走しているらしい。それは気候にすら影響を与え、精霊騎士隊員たちは、その対応にも追われていた。

「王都に指示を仰いでいる時間はありません。アルフレート隊長の処遇は……僕たちが、決めなくちゃ……」

アルフレートは今、侯爵邸の地下牢にいる。

この半年間ラナが監禁されていたそこは、鉄の重い扉で閉ざされて大きな錠が下がっている。その場所に、アルフレートは自ら進んで入っていったのだ。

「アルフレート様の傷は、私の雫を摂取すれば癒えると思います」

「無駄だよ、聖女レティシア。分かっているでしょう。隊長の傷は、歪みの凶器で付けられたんだ。体の内側から歪みを取り込めば、人間も歪みに呑み込まれるんです」

クリスはうつむいて両手で顔を覆う。その隣で、ヘルマンが無言のままぼろぼろと涙をこぼした。入り口に立つ騎士たちも、苦しげに唇を噛み締めている。

「だけど」

レティシアは首を振った。冷たく震える指先を、反対の手でキュッと握る。

「だけど、アルフレート様はまだ、お話ができていました。大丈夫だとおっしゃいました。アルフレート様ほどの力を持つ方なら、歪みにも打ち勝てるのではないでしょうか。まずは私が傷を癒して、アルフレート様の祝福を回復して差し上げて、それから」

「隊長ほど力がある方だから、理性を保てているだけだ」

クリスが、真っ赤な目でレティシアを睨む。

窓の外はまるで嵐だ。目を打った閃光は稲妻だろうか。

「精霊からどんなに祝福を与えられていたとしても、内側からの歪みには対抗できない。アルフレート隊長も、もって明日の朝だ。理性が残っているうちに、限界が来る前に……隊長は、自分で、自分の命を止めるつもりなんだ」

「そんなこと」

視界がぐらりと揺れた。

嘘だ。

ついさっきまで、あんなに余裕の笑顔を浮かべていたのに？

レティシアを抱きしめて、キスをして。照れくさそうに笑っていたのは、ほんの昨夜の彼なのに？

「そんな、こと」

こんなにも一瞬で、すべてが奪われてしまうものなのか。

「聖女レティシア。アルフレート隊長は……既に受け入れていらっしゃいます」

泣き出してしまったクリスの後を、ヘルマンが低い声で引き継ぐ。

「隊長ほど強大な力を持つ方が理性を失って魔物化したら……ここにいる私たちだけでは、到底太刀打ちできません。人間の最大の希望だった隊長は、最大の脅威となってしまうのです」

レティシアは、そっと目を閉じた。

雨の音がうるさい。風がごうごうと城を揺らすように吹いている。

深く息を吸い込んで、もう一度ゆっくりと目を開いた。

「それでも」

レティシアは椅子から立ち上がる。

「私は、アルフレート様にお会いしてきます」

乱暴に目元をぬぐったクリスが、苛立ったように叫んだ。

「隊長の最後の願いなんだよ！　あんたを決して通さないようにって。あんたにはもう会いたくないって言ってたんだ。どうしてそれを聞いてやれないんだよ！」

「そんなことは、関係ありません」

背筋を伸ばし、レティシアはクリスをじっと見つめる。

「私は祈りの聖女です。聖女の務めは傷ついた騎士を癒すこと。失われた力を補うこと。いついかなる時も、その勤めを全ういたします」

「だけど、今は」

「アルフレート様を救う可能性がほんの少しでもあるとしても、あなたは彼の命令を優先するのですか？」

目を瞠るクリスに、レティシアは繰り返した。

「鍵を渡してください。アルフレート様に会いに行きます」


湿った石造りの階段を下りて行った先に、侯爵邸の地下牢はあった。

ゾイン侯爵家の伝統は、貴族家の中でも抜きんでて古いらしい。侯爵邸も歴史があり、地上部分は何度も増改築を繰り返しているが、地下は二百年近く前に作られたままだという。

そう教えてくれたのはアルフレート自身で、それもほんの数日前のことなのに。

「どうして来ちゃうのかな、君は」

牢の前にたどり着いたレティシアに、鉄格子の向こうから呆れた声が浴びせられる。

ここまで案内してきてくれた侯爵家のメイドは震え上がり、階段を駆け上っていってしまった。

アルフレートは、牢の奥に作り付けられた寝台に腰を掛けていた。

薄暗く湿った壁に下がるランプに、レティシアはかぼそい明かりを灯す。

「入らない方がいい」

構わずに、クリスから預かった鍵で錠前を外した。格子扉を押し開き、牢の中に足を踏み入れる。

アルフレートの上半身は裸のままで、左胸から腰にかけて白い包帯で覆われている。右の下腹部には、どす黒く大きな染みが滲んでいた。

歪みの凶器は腹部を貫通していたはずだ。たとえ普通の剣で付けられた傷だったとしても、常人なら起き上がることすらできないだろう。

しかしアルフレートは脂汗一つ浮かべることなく、淡々とした表情でレティシアを見た。

「ちょっと油断しちゃったな。慢心していたのかもしれない」

レティシアの視線から傷を隠すように、さりげなく足を組み替える。

「だけどさ、レティシア。こんなことは十分起こりうることなんだよ。叔父の件を経て、精霊騎士隊に入隊する時の誓約書の、一番最初に追加されたんだ」

もしも歪みに侵されたら、自分もしくは仲間が速やかに処分すること。

クリスと同じことを繰り返し、アルフレートは小さく笑った。

「だから、俺はとっくに覚悟できている」

肩をすくめて、ベッドサイドに手を伸ばす。そこに置かれた剣を握り、がちゃりと鞘を押し上げた。

「それに今は、むしろほっとしているんだよ」

アルフレートはにやりと笑う。

「俺は別に特別じゃない。ただ生まれつき、気まぐれな精霊からちょっと多くの力を与えられただけだ。それだけなのに無闇やたらと持ち上げられて、利用されて。その上、弱い人間を守らなくちゃいけない。いい加減うんざりしていたところだったんだ。やっとそういうのから自由になれる」

一歩進み出たレティシアに、アルフレートは、うんざりしたようにため息をついた。

「レティシア、君には申し訳ないと思っているよ。君は可愛いし、その上聖女だ。騎士なら皆、独り占めしたくもなる。俺も同じ、ただそれだけだよ」

声色は全く変わらない。焦っているようでも何かを隠そうとするでもなく、ただただいつものままの口調で、レティシアが足を踏み出すたびに、アルフレートは言葉を重ねる。

まるで一枚ずつ、そこに壁を立てていこうとするかのように。

「声をかけたのは気まぐれだよ。俺の暇つぶしに付き合ってくれて感謝してる」

（ああ、この方は）

レティシアは、腰紐をしゅるりとほどく。胸元のボタンをぷつぷつと外していく。

アルフレートが、ブルーグレイの瞳をすがめた。

（私のためなら、きっとどんな嘘でもついてくれる）

すとんとドレスが床に落ちる。

元々下着は外してきたのだ。揺れるランプの灯りの中、レティシアの一糸まとわぬ姿がさらされる。

「レティシア」

「アルフレート様、私を抱いてください」

息を呑んだアルフレートはすぐに俯いて、再び顔を上げた時には笑みを顔に貼り付けていた。今まで見たことがないような、嘲るような笑みである。

「レティシア、もう俺のことは忘れていい」

乱暴に髪をかき上げて、アルフレートは立ち上がった。包帯の染みは、先ほどよりもさらに広がっている。

「君は世間知らずで騙しやすくて、その上いい身体をしてるしさ。十分楽しませてもらったよ」

だけど、とアルフレートは続ける。息を吐き出してゆっくりと唇の端を持ち上げて、じっとレティシアを見つめると、絞り出すように言い放った。

「この王国の王太子でもある俺が、ただの聖女を本気で愛するとでも思ったか？」

レティシアは何も答えない。

アルフレートをじっと見つめて、身体を隠すことなく立っている。

「君を巻き込んだ責任は取るよ。こういう時に備えて、署名入りの手紙を聖殿長に託してきたんだ。君の力は特殊だから、儀式をする相手は選べるように。いつか聖女の力を失っても、君の望む生活が十分に保障されるように、俺の資産を切り分けることも。聖殿長はもちろん貴族院の奴らだって、この俺の最期の望みとなれば文句は言えないはずだ。それに、その時もしも君が望むなら、信頼のおける貴族に身請けしてもらえるようにしても……」

「アルフレート様」

いつの自分だったら、騙されただろうか。

最初の儀式の時？　孤児院でアルとして出会った時？

一体いつの間に、自分はこれほどまでに、目の前のこの人を無条件に信じるようになってしまったのだろうか。

「あなたの身体が内側から歪みに侵されたのなら、私が内側から癒します」

アルフレートはもう笑っていない。こわばった表情で、じっとレティシアを見下ろしている。

「そんなことをしても意味はないし、君の聖女としての力が失われるだけだ」

「それだけ、大きな力を動かせるということです」

さらに一歩踏み出すと、アルフレートはびくりと身体を震わせて後ずさり、寝台にストンと腰を下ろした。

「やめてくれ、レティシア。今はどうにか抑えられているけれど、この瞬間だって、歪みが俺の中で暴れていて、俺を飲み込もうとしているのが分かるんだ」

傷口に巻いた包帯を押さえつけながら、喘ぐように息を吐き出す。

「もうすぐ俺は理性を失う。姿は醜く変わり果てて、君を手にかけるかもしれない。お願いだから、頼むから、俺から離れて遠くに逃げてくれ」

一度歯を食いしばり、アルフレートは首を振る。しばらくの沈黙の後、掠れる声で言った。

「――叔父の話をしただろう。子供を守って歪みに襲われたって。その時の子供ってのは、俺なんだ。自分を過信して勝手についていった俺を守ろうとして、彼は歪みに侵された」

震える声で、絞り出すように。

「ベルが死んだのは、貴族院のせいでもなんでもない。俺のせいだ。だから今俺がこうなるのは、当然の報いなんだよ」

「アルフレート様」

レティシアは、アルフレートの前に立った。

彼の頬を両手で包み込み、自分の方に向かせる。

「叔父様はきっと今、喜んでいます。自分が助けたアルフレート様が、国中の歪みを解消してたくさんの人々を救ってきたんだもの。孤児院の子供たちの笑顔を思い出してください。叔父様は、アルフレート様のことを誇りに思っていらっしゃいます」

そのままアルフレートの唇に、自分のそれを押し当てる。

口付けの持つ特別な意味が、今こそ痛いほどに分かる。

言葉だけで尽くせぬほどの想いを伝えたい時に、人はこの行為を選ぶのだ。言葉と共に熱をも伝えられるから。もどかしいほどに強い想いを、唇に託すのだ。

「私の身体のすべてを」

それが人の伝え方。

なんて愛おしいのだろう。

「持っている力のすべてを。今まで重ねてきた、祈りのすべてを。未来までかけて抱くだろう、想いのすべてを」

どうしても伝えたいこの気持ちが、どうかあなたに届きますように。

「私のすべてを、あなたに捧げます」

アルフレートに出会って、レティシアの時間は動き出したのだ。

聖女なのに、聖女ではない。

親に捨てられ聖女の役割も果たせず、自分が何のために生まれてきたのか、生きているのか分からなかった二十年間。

アルフレートは、レティシアに生きる意味を与えてくれた。

(いいえ、違うわ)

意味なんてなくてもいいと、教えてくれたのだ。

目を閉じれば、緑色の草原を思い出す。

懐かしい、孤児院を見下ろす丘の上だ。風が吹き、草花が一斉にそよいでいく。

――レティ。

アルフレートが笑っている。ただそれだけで、レティシアは自分がここにいていいのだと思えた。ただそれだけでひたすらに、幸せだった。

「レティシア」

不意に抱きしめられた。

暖かく逞しい胸の中に、強い両腕で閉じ込めるように。

「君と出会って初めて、俺はこの世界を愛しいと思った」

掠れた声で呟いて、アルフレートはレティシアを見つめる。

「君がいる世界で生きていたい」

薄暗く湿った地下牢の片隅、硬い寝台の上で二人は互いを抱きしめる。

この世界でただここだけが温かい場所であるかのように、震えながら何度も唇を合わせた。

「っ……あっ」

寝台の上にあおむけに横たわったアルフレートの身体の上で、レティシアは眉をきゅっと寄せる。

「レティシア、やっぱり俺が上になるよ」

「いいえ、結構です。アルフレート様の体力を使わせるわけにはいきませんから！」

アルフレートの胸に両手を着き、レティシアはごそごそと位置を確認する。お互い、既に一糸まとわぬ姿である。

逞しい身体を挟むように左右に膝を突いたまま、そっと腰を下ろしていく。ただそれだけのことが、予想をはるかに超えて難しいのはどういうことだ。

先ほどから、硬くなったものの先端に自分の秘所をあてがうところまではできているのだが、どうしてもその先に進むことができないのだ。

「大丈夫、挿れる場所は間違っていないから」

「それくらい分かっています！」

笑いをかみ殺すようなアルフレートを、レティシアは真っ赤な顔で見下ろした。

「アルフレート様は動かないでください。私に任せていれば大丈夫ですから」

言い張りながら、左手を両脚の間に差し込んで、そっとアルフレートのものに触れる。目で見て認識できていたはずなのに、触れると驚くほど固く、大きい。こんなものが本当に自分の身体に入るのだろうかと不安になるが、そんなことは言っていられない。

「あの、もう少しまっすぐに立てていただけませんでしょうか」

アルフレートのそれは腹にぴたりと密着するような角度で勃っていて、どうにかまっすぐさせても、手を離すと元の位置に戻ってしまうのだ。

「んー、ちょっと難しいかな。すっごく血が集まってるし」

「だめです！　血を落ち着かせてください。出血が増えてしまいます」

慌てるレティシアに、アルフレートは耐えられないというように噴き出した。

「落ち着かせるって、無理だよレティシア。こんな状態の君を見て、興奮しない方がおかしい」

　笑いながら上半身を起こして、レティシアの胸を両手で下から持ち上げた。

「あっ……」

　むにゅりむにゅりと、優しく揉まれる。

　慌てて祈りを口ずさむと、胸の先からはいつものように雫がにじみだしてくる。既についさっきまで、さんざんそこから摂取され、乳首はじんじんとしびれたように熱い。だけどアルフレートが望むなら、どこまでも雫をあふれさせてみせようと思う。

　アルフレートの熱い舌が、下から乳首を舐め上げる。

　胸を掌の上で弾ませながら、揺れる様子に熱い視線を注いだ。

「君の胸は最高だな。可愛くて綺麗でずっと触れていたいくらいにぷるぷると弾力があって、その上、俺に底なしの力をくれる」

「そ、そんなこと言わないでください……」

「君の胸は俺にとって奇跡だよ。最初に秘密を知った時、浮かれちゃったくらいにね」

　ずっと、自分の胸が嫌いだった。

　待ち望んだ祈りの雫を唐突にあふれ出させた胸。おぞましいと前の聖殿長に叫ばれた胸。どんなに押さえつけても勝手に大きく育っていくそれが恥ずかしくて情けなくて、忌々しいとすら思っていた。

だけど今は、自分の大切な一部分だと思えている。

(アルフレート様のおかげだわ)

アルフレートがこんなにも大切に、価値あるものとして扱ってくれたからだ。

「んっ……」

乳首をぷちゅりと舐めながら、アルフレートが指先をレティシアの秘所の入口に当てる。

「あっ……」

くちり、と中に埋められた。

入り口で円を描くように、ゆっくりと出し入れを繰り返す。

「あっ……っ、んっ……ふっ……あっ……」

指は入り口の少し上の一番敏感な突起を剥き出しにし、そこにくにゅりと押し当てられた。

とんとんと親指で叩きながら、人差し指で、中も擦る。

「あっ……んっ……」

中の指が、二本に増えた。くちゅくちゅと音がしたと思ったら、内側の壁にぐっと強く指を押し付けられ、奥から入り口に何度も往復して。

その間も、乳首はずっと優しく舐められ続けている。レティシアは小刻みに息を吐き出しながら、必死で祈りの言葉を紡ぐ。

　ふと、アルフレートの動きが止まった。

「アルフレート、さま……？」

「なんでもない」

　顔を背けるアルフレートの両頬に、レティシアは震える手を当てた。

　ブルーグレイの瞳が、右だけ赤く濁り始めている。

「ごめん、気持ち悪いよね」

　片目を閉ざそうとするアルフレートの顔を、レティシアは自分の方に向けた。

「全然そんなことありません。青と赤で、とても綺麗」

　そっと、右の瞼に口付ける。

　怖いなんて気持ちは、ほんの少しも湧いてこない。アルフレートのものならば、すべて愛おしいと思う。

　何度も何度も繰り返し瞼に口付けを落としながら、レティシアはアルフレートの昂ぶりに、秘所をそっと当てた。

「レティシア……」

　ゆっくりと、腰を落としていく。

解してくれた場所に彼の熱が触れて……今度はそのまま、にゅくりと中に入ってくる。

「あっ……ああっ……」

「大丈夫、力抜いて……難しい？」

「いえ、できます……んっ……力、ぬきます……」

眉を寄せて必死で言い募るレティシアに、アルフレートは笑みをこぼして、レティシアの頬を、掌でそっと包み込んだ。

「レティシア、口を開いて」

「え……」

わずかにほどけたレティシアの唇に、アルフレートは自分の唇を押し当てる。すぐに、舌が入ってきた。

レティシアの舌に、アルフレートの舌が触れる。舌先が弾かれて、優しく絡め取られていく。

熱い。すべてがとろかされていく。身体の芯までもほどけていきそうだ。

じわじわと、レティシアの腰がさらに下りていく。

身体の中に、アルフレートが入ってくる。

貫くでもない、刺さるでもない。

これは、交わりだ。

離れていたものが、やっと本来の形に戻っていくような。

だから、ついにアルフレートのものが全て自分の中に収まった時。

レティシアが感じたのは、痛みよりも違和感よりも、何よりも充足感だった。

「レティシア……すごい、君の中……」

眉を寄せたアルフレートがつぶやく。

レティシアの胸を優しく揉みながら、もう一度深く口付けて。

「辛いよね。ゆっくりするから」

「だ、大丈夫です。アルフレート様は、うごか、ないで」

体の内側にアルフレートがいることに胸が満たされるような思いを感じながら、レティシアは首を横に振る。アルフレートが何かを言う前に、ゆっくりと腰を持ち上げる。ずり、とアルフレートが身体から出ていく喪失感……からの、じわり少しだけ戻して。

「あっ……」

「レティシア、無理……しなくて、いいから」

アルフレートは息を吐き出した。眉を寄せて、形のいい唇をくっと噛んでいる。

「大丈夫、です。アルフレート様、私の……力を、感じてください……」

「いや、感じてる……けど……それが問題っていうか……」

アルフレートは、額に汗を滲ませて眉を寄せて笑った。あまりに色っぽい微笑みに、レティシアの胸はせつなく震える。

「君の中が気持ちよすぎて、すべて持っていかれそうになる」

「だ、だめです、持っていくのは……アルフレート様の方でなくちゃ……」

つぶやいて、レティシアはハッとした。こちらを見つめて微笑んでいるアルフレートの瞳が両方とも、赤いのだ。

両方の瞳が、炎の中心のような紅蓮に覆いつくされようとしている。

ビキリ、とひび割れるような音がした。アルフレートの首筋から鎖骨にかけて、黒い筋が浮かんでいる。まるで内側から、異形のものに爪を立てられているかのように。

「朝なんか、来なければいいのに」

つぶやいたアルフレートは、ふっと笑って首を振る。

「レティシア、ありがとう。俺は今、今までで一番幸せだ。もう十分だから俺から離れて……」

「アルフレート様！」

震える手で、目の前のアルフレートをきつく抱きしめた。絶対に離されないように全身の力を込めてしがみつき、その唇に口付ける。指先を絡めるように、けっしてほどけないように手

を繋ぐ。

指先と、唇と、そして体の奥の奥。

すべてを結び付けて、最後に心まで……いや、心は最初からつながっていたのだろう。

一目出会った瞬間から心と心は結びついて、そうして今、答え合わせをするように、身体が一つに交わっているのだ。

絶対に離れない。引き離されてたまるものか。

アルフレートが、泣きそうな顔で微笑んだ。

「レティシア、君を愛してる」

(ああ、私は)

ずっと、聖女としてみんなの役に立ちたいと思っていた。

落ちこぼれ聖女ではあったけれど、持って生まれた祈りの祝福を、世界に還元したいと願っていた。

だけど今は、目の前のこの人のことだけを感じていたい。

聖女の力なんて、失ってもいい。

傲慢だと、身勝手だと。そしられてもちっとも構わない。

私の身体だって、命だって。何もかも持っていけばいい。

ただ、アルフレートの温かさを、笑顔を、命を、ここにつなぎとめていられるのなら。

（すべてを司る精霊よ。どうか、どうかお願いだから……この人を、奪わないでください）

「アルフレート様……愛しています」

瞼の裏が明るくなっていくように感じられるのは、地上の嵐が収まったからだろうか。

＊

気配を感じて、クリスは振り返った。

侯爵邸の前庭で、精鋭隊総出で歪みへの対応に当たっているところである。

しかし領地のあちこちからタガが外れたように発生した大量の歪みは、全貌の把握すらままならない。

打ち付ける雨が視線を遮り、拳で乱暴に目をぬぐった。

（まるで世界の崩壊みたいだ）

長い間、強制的に抑え込まれていた精霊たちが混乱し、反動で一気に歪んでいく。

（全然だめだ、このままじゃ）

侯爵邸から続く街道、そしてその先の農地まで。激しい雨と風が吹きすさぶ中、地面は隆起しひび割れて、地中から炎が噴き出してくる。

特に「魔の森」の歪みが異常だ。森の中からは異形と化した獣がひっきりなしに飛び出してくる。木々は一斉に揺れて、人々に襲い掛かってくる。

まるで森全体が、意志を持った巨大な怪物に堕ちたようだ。

心を鎮めて集中させ、クリスは両手を宙にかざした。巨大な氷の壁を作って、侯爵邸の門を覆っていくのだ。ごく小さな隙間を作り、領民たちが逃げ込んでこられるように調整する。

（こんな大きな壁、僕の力じゃとても長くはもたない）

爆発音に振り返ると、ヘルマンが咆哮を上げながら両手から大量の炎の弾を連続で放出させ、獣たちに対抗していた。あれほど強い連続攻撃を制御できているヘルマンを見るのは初めてだ。それ以外の精霊騎士たちも、持てる力を最大限に振り絞り、全力で歪みの対応に当たっている。

とにかく今は、領民たちを守り抜くしかない。

しかし、王都へと走らせた早馬が応援を連れて戻るまで、あと二日。

（隊長がいなくて、僕たちだけで一体いつまで）

バリバリと鼓膜を割くような音と共に、稲妻の光が夜闇を切り裂いた。

「クリスさん、あの少女に祈ってもらいましょう。そうするしかありません！」

駆けてきた年若い騎士が、喘ぐように叫ぶ。

「弱音を吐くな。あんな傷ついた子に頼らないといけないのか。誇りを持て。おまえは精霊騎士隊員……アルフレート隊長の部下だろう」

そもそも、今の状態はラナがこの地の歪みを無理やり押さえつけてきた反動だという。もう一度ラナに頼っても、根本的な解決にはならないだろう。

（アルフレート隊長、どうしたらいいんですか。教えてください）

自分たちが、今までどれほど彼に頼ってきたのかを思い知らされる。

今頃、地下牢で何が起きているのだろうか。アルフレートは理性を失い、愛する聖女をその手にかけているかもしれない。

（やっぱりあの時、彼女を行かせるべきではなかったんだ。ごめんなさい、隊長）

ぐちゃぐちゃに濡れた顔を泥だらけの手で拭った時だ。

「クリスさん……」

「なんだよ！　ぼーっとしていないで！　まだ逃げ遅れている領民が……」

隊員がぽかんと目を見開いて、クリスの背後、侯爵邸の方向を見つめている。

つられて振り返った瞬間、クリスは言葉を失った。

侯爵邸の入口が、まばゆい光であふれている。

「隊長……？」

光の中に立っているのはアルフレート、その腕に抱かれているのはレティシアだ。

レティシアは黒髪をしどけなくほどき、大きな緑色の瞳を開いて、周囲をゆっくりと見渡している。

レティシアが何かを囁くと、アルフレートは彼女を地面にそっと下ろした。

両手を胸元で祈りの形に合わせると、レティシアは何かを口ずさみ始める。

歌だ。

糸をつむぎながら精霊たちに祈りを捧げる内容の歌詞。クリスにとっては初めて耳にする歌だった。優しく心地よい歌声が、しんとした庭に響いていく。

しんとした……気付けば、あれほどに空気を掻きまわして暴れていた雨も風も、ひたと収まっていた。

歪みに満ちた木々が無防備な二人へと襲いかかったが、アルフレートが片手をかざすと動きを止める。

レティシアは歌いながら胸元で合わせていた両手を解き、掌を上に向けて身体の前に差し出していく。

すると、レティシアの足元から、緑色の草木が一斉に芽吹き始めた。

縦横無尽に亀裂が走っていた大地を、瑞々しい草木が覆っていく。

荒れくるっていた森の木々も、人々に牙をむいていた獣たちも、その場に動きを縫い留められた。獣たちの目に理性が蘇る。森の木々が、本来あるべき姿へと戻っていく。

空を覆っていた雲が切れ、待ち焦がれた朝の光が斜めに差し込んできた。

「ああ……」

一人、また一人とその場に膝を突いていく。

避難してきた領民たち、侯爵邸の人々、そして精霊騎士隊員たちも。

レティシアの前に、みんなが跪いていく。

「奇跡だ……奇跡の、聖女」

クリスはつぶやいた。膝を突き、まぶしい光に包まれた二人を見上げる。

レティシアの歌声が朝を連れてきたことを確信しながら。

第四章　聖女レティシア

アルフレート一行が王都へと帰還したのは、予定していた十日をさらに三日ほど過ぎた頃だった。前代未聞の大規模な歪みを解消し、領民の救助と治療にあたり、王都から駆けつけた騎士隊の臨時駐屯団に引き継ぎをしてからの、ようやくの凱旋(がいせん)である。

しかしながら、レティシアにはその間の記憶はほとんどない。

アルフレートに抱かれて地上に出て周囲の惨状を目の当たりにした時、とっさに歌を口ずさんだ。理由があったわけではない。ただ、そうしなければと思ったのだ。

混乱する精霊たちに、大丈夫だと語りかけた。怖がることはないのだと、抱きしめる思いで歌を歌った。

震える地面が、荒れた空気が徐々に落ち着きを取り戻し、周囲がだんだん明るくなっていく。それを感じながら、レティシアはゆっくりとアルフレートの腕の中に倒れこんでいた。

それから数日、レティシアはひたすらに眠って過ごした。

時々とろとろと目覚めては食事を摂り、アルフレートに抱きしめられながらまた眠りに落ちる。そんな日々を過ごしていた。

アルフレートは近隣領地や王都から医者を大勢呼び寄せたが、みんな同じように「ただ疲れて寝ているだけ」という診断だったそうだ。

「まるで繭にこもって生まれ直そうとでもいうみたいだったよ」ようやくベッドから下りられたレティシアにアルフレートは心から安堵したような笑顔を向けた。それから泣きそうな顔になり、きつく抱きしめてくれたのだ。

しかし王都へと戻る馬車の中で、レティシアはにわかに焦り始めていた。

（結局、東部での時間の大半を、本当に寝ているだけで過ごしてしまったわ……）

なんということだろうか。期待して送り出してくれたエデルガルドに、何と報告すればいいのだろう。

外がやけににぎやかなことに気付いたのは、悶々とそんなことを考えていた時だった。

「レティシア、こっちに出て来られる？」

御者台へとつながる仕切りがめくりあげられて、アルフレートが顔をのぞかせた。

スカーフをかぶり、手を引かれながら幌の外へと顔を出す。

そして、瞳を丸くした。

馬車はいつの間にか、王都の中央通りを走っていた。

通りの左右にはあふれんばかりに人々が並び、笑顔を浮かべてこちらへと手を振ったり、飛び跳ねたり。道の両側の家の窓から、花びらが降り注がれてくる。子供たちが歓声を上げて馬車に並走し、楽器の演奏をしている人たちもいる。

「今日は、何かのお祭りですか?」

戸惑いながら振り仰ぐと、アルフレートは楽しくて仕方ないというように笑った。

「そうだね、ある意味お祭りだ」

馬車はゆるやかに速度を落とし、熱狂のただなかを進んでいく。

「アルフレート様!」

「精霊騎士隊、お帰りなさい!」

並走する馬上では、クリスが両手を広げて街道の声援に応えている。ヘルマンは相変わらずむっつりした顔だが、少し赤くなっている。

もしかしたら、精霊騎士隊の凱旋は、いつもこのように熱狂的に迎えられているのだろうか。ならば、自分がこんなところに顔を出すべきではないだろう。そう思い至ったレティシアが、慌てて幌の中に戻ろうとした時だ。

「聖女レティシアだわ!」

「こっちを向いてくださいませ、レティシア様！」

ひときわ高い歓声が、人々の間から湧き上がった。

目を向けると、あちらこちらで人々が文字の描かれた大きな布を広げ、こちらに向けて振っている。

──聖女レティシア、アルフレート殿下を助けてくれてありがとう
──奇跡の聖女、レティシア万歳！

目に映る文字が信じられなくて瞬きを繰り返すレティシアに、耐えられなくなったようにアルフレートは噴き出した。

「俺が歪みに侵されたこと、そして君によって救われたことは、クリスたちが全て王都へその都度伝達していたんだ。今では王都中が知っているよ。君が、奇跡の聖女だってことをね」

「な……そんな」

そんな、そんなつもりでは。

動揺したレティシアはアルフレートを見上げて、思いきり首を横に振る。

「私、困ります。困ってしまいます。だって私はそんな……」

「レティ！」

歓声の中から懐かしい呼び声が聞こえた気がして、レティシアは馬車の足元に視線をやった。

「みんな……！」

踏み台ぎりぎりに膝を突き、身を乗り出す。

即座にアルフレートが指示を出し、馬車はその場に停車した。

「レティ、やっぱりレティは聖女さまだったのね」

「アルを奇跡の力で助けてくれたの？」

「歪みをやっつけたって聞いたよ！　レティかっこいい！」

あの孤児院の子供たちだ。一生懸命走ってきたのか、真っ赤な顔で息を弾ませている。

「院長先生が連れてきてくれたの。私たち、レティにどうしてもおめでとうって伝えたくて」

周囲の歓声に圧倒されながら、質素な服を着た子供たちは、手に持った小さな花々を差し出してくれた。

あの丘に咲く、白い花だ。あの日、みんなで花冠にした花だ。

「みんな……」

レティシアは小さな花をひとつひとつ、一本もこぼさないように受け取った。

「ありがとう。みんなに会えて、とっても嬉しい」

子供たちが笑う。アルフレートがレティシアを優しく抱き寄せ、人々がさらにいっそう大きな歓声を上げた。

その日、レティシアは聖殿ではなく王城へと迎え入れられた。

聖殿から遥か遠くに見上げていたまばゆい城は、足を踏み入れるとさらに想像を超えて広く立派で、足がすくんでしまうほどだ。

何がなんだかちっとも理解ができないうちに馬車から降ろされて、王城の奥へと連れていかれた。気付けば騎士隊とも引き離され、にこやかに微笑む王城の侍女たちに囲まれていた。

あれよあれよという間に湯あみをさせられ、髪をとかされ香油を塗られ、そして今。

かぐわしい香りが立ち込める、見たことがないほど綺麗な調度品で囲まれた広く暖かな部屋の真ん中で、大きな姿見の前に立っているのだ。

ドレスは、レティシアの身体にぴたりと添うように仕立てられていた。

春の空にふわりと浮かぶような、ローズクオーツ色のドレスである。まるで羽と見まがいそうなオーガンジーで袖は覆われ、花の形の美しい刺繍(ししゅう)が胸元から背中まで施されている。

侍女たちはレティシアの髪をふんわりと巻き、子供たちが贈ってくれた小さな白い花々と一緒に編み込んでくれた。

「なんて神秘的なのでしょう。真っ白な肌に黒い髪。パッと目を惹(ひ)きつけるようです」

侍女たちが満足げに頷くころ部屋の扉がノックされ、アルフレートが入ってきた。

アルフレートは精霊騎士隊の隊服ではあるが、銀糸の肩章と飾緒が追加された正装である。白い隊服の裏は深い紫色で銀糸の刺繍が映え、胸元には、アルフレートの瞳の色に似た青い大きな石のブローチが光っている。

「想像以上だな。レティシア、ものすごく綺麗だ。とても似合っているよ」

余裕たっぷりに微笑むアルフレートに対して、レティシアはいっぱいいっぱいだ。

自分がまとうドレスはあまりにまばゆいし、アルフレートの姿もいつも以上に凛々しくて直視すらままならない。

「アルフレート様、これは一体どういうことでしょうか」

長い廊下をエスコートされて進んだレティシアがやっとの思いでアルフレートに質問をできたのは、豪華な扉の前に立った時だった。

「大広間で、俺たちの凱旋を祝う夜会が開催されているんだ」

なのにさらりと言ってのけられて、再び言葉を失ってしまう。

アルフレートは青い石のブローチを自分の胸から外し、レティシアの胸元に留めた。

「そ、そんな、お待ちください。夜会なんて私、心の準備ができていませんっ……！」

悲鳴をよそに扉が大きく開かれる。まばゆさに目がくらみそうだ。

「突然ごめん。でも、今日はどうしても君に出席してほしくて」

そこは、王城の大広間を見下ろす階段の上だった。

煌びやかな明かりが弾ける広間には、それぞれドレスアップをした貴族たちが集まっている。扉が開かれたことに気付いた彼らが、一斉にこちらを見上げてきた。

「おいで、レティシア」

微笑んで、アルフレートはレティシアの手を引きながら幅の広い階段を下りていく。数えきれないほどの視線が自分たちに注がれているのを、ひしひしと感じる。

（どうしよう）

緊張で足がガクガクと震える。アルフレートの手をきつく握りしめた。

一歩先を行きながら、アルフレートがこちらを振り返る。口元に笑みを浮かべて、楽しそうに瞳を細めた。

（アルフレート様は、少し変わったかもしれない）

華やかな立ち居振る舞いも、余裕を感じさせる表情も、ずっと以前からのものだ。だけど今までは、周囲に気取られないほどだけれど、どこか危うく張りつめた空気をまとっていた。それが歪みに襲われてレティシアと共にそれを乗り越えたあの夜以降、柔らかく緩められたように感じられるのだ。

「アルフレート殿下、傷も残っていないではないか」

「それすら聖女が癒したらしいですよ」

「本当に、魔物化を治癒させたのか？　あの聖女が？」

階段の踊り場で立ち止まると、抑えきれないざわめきがレティシアの耳にまで届いてきた。

こんなにも多くの視線に晒されるなど、経験がないことだ。

賞賛しつつも何かを探ってくるような視線と声に、足がすくんでしまう。

「レティシア、ここは俺に任せて」

耳元で囁かれて顔を上げると、アルフレートが優しく微笑んでくれた。今にも緊張ではじけ飛びそうになっていたレティシアは、それだけでほんの少しほっとする。

アルフレートが周囲を見渡すと、ざわめきはぴたりと収まった。

「皆さん、本日は我らレーメルン王国精霊騎士隊の凱旋祝賀会にお集まりいただき、誠にありがとうございます」

アルフレートの朗々とした声が、大広間に響く。

「東部では、予想を超える苦戦を強いられました。しかし私たちが一人も欠けることなく戻ってこられたのは、ここにいる祈りの聖女・レティシアが、奇跡を起こしてくれたからに他なりません」

背に手を当てられて、レティシアは緊張しながらアルフレートを見上げた。

大広間を埋め尽くしているのは、華やかな衣装をまとった上位貴族たち。

しかしアルフレートの視線はそれを越え、広間をぐるりと見下ろすように取り囲む中二階へと注がれている。

それまでレティシアは気付かなかったが、ちょうど自分たちが立つ踊り場の正面に、せり出した特別席があった。

十人ほどの立派な服を着た壮年の男たちが、ずらりと腰を下ろしている。

彼らの醸し出すただならぬ圧力に、レティシアは震えた。特にその中央に座る髭を蓄えた男性の視線に射すくめられると、足がガクガクする。

「国王陛下、そして貴族院の面々もお聞きいただきたい」

アルフレートの言葉に、その中央に座る人こそがレーメルン王国の現国王であるハーゲン王だと理解した。

（この方が、アルフレート様のお父様……）

しかしその驚きは、続く言葉の与えた衝撃に吹き飛ばされる。

「私は聖女・レティシアを、王太子妃として迎えたい。私の妃は、彼女以外ありえません」

凛としたアルフレートの声が、大広間に響き渡ったのだから。

一瞬静まり返った会場は、すぐに驚きに包み込まれていく。レティシアも目を見開いて呆然とした。

アルフレートだけが口元に笑みすら浮かべたまま、まっすぐ堂々と国王たちを見つめている。

「彼女の功績は認めましょう」

王の代わりに返事をしたのは、その左隣に座った老年の男性だ。彼が口を開くと、大広間はしんと静まり返る。

「ボルス公爵、東部での調査結果は貴族院に共有する約束でしたね。これが、調査を経て私がたどりついた答えです」

「しかしアルフレート殿下、結婚となるとやすやすとは承服できませんな。聖女レティシアの功績を認めるならなおのこと、優秀な聖女はこの国全体の財産です。それを私有化するおつもりですかな」

広間に緊張が走ったが、アルフレートは冷静なままだ。

「公爵、聖女は財産ではなく人間です。それに私は彼女を私有するのではない。私たちはお互いの意志で、共にいたいと願っているのです。私は聖女を愛しました。これは罪になりますか？」

深く頷く者たちがいる。

広間を埋め尽くす貴族たちの中にも、そして貴族院に籍を置く者の中にも。彼らはかつて、精霊騎士隊に所属していた経歴を持つ者たちだ。

　その様子に視線を走らせ、ボルス公爵は皮肉な笑みを浮かべた。

「殿下、あなたは狡猾(こうかつ)だ。このような場で宣言すれば、私たちが逆らえないと分かっているのでしょう。最終的にいつだって、あなたたちのように精霊に祝福された力を持つ者の意見に、私たちのような弱者は抗(あらが)う術を持たない。しょせん、生殺与奪の権限をあなた方強者に握られているのだから」

　アルフレートは微笑んだ。その穏やかな表情は、彼がかつて貴族院の前では見せなかった類のものである。

「ボルス公爵、あなたには感謝しています。あなたは一度も私に対しておもねった態度を取らなかった。いつもあなた自身の言葉で、私に意見をしてくれた」

　老公爵は、きつく結んだ口の両端に力を籠める。

「私は決して強者ではない。今回も、歪みに呑み込まれる寸前でした。生還できたのはレティシアの勇気と、それによって目覚めた彼女の力のおかげです」

　アルフレートの報告を、今や貴族院も王族も、大広間の皆がかたずをのんで聞き入っている。

「彼女は、私に思い出させてくれました。護るべきは誰なのか。それは、この国で生きる市井の人々です。王都の片端の孤児院で暮らす、親を失った子供たちです。私は彼らが安心して成長できる、そんな未来を守りたい。私の力が強かろうが弱かろうが、そんなことは関係なく」

アルフレートはレティシアを見つめて一度頷く。

「ゾイン侯爵は、東部に伝わる伝承から、特別な力を持つ聖女の存在を割り出していました」

「特別な力を……？」

「はい。黒い髪を持つ聖女は、精霊の力を補充したり傷を治したりするだけではなく、歪みそのものを浄化する力を持っています」

その言葉は大きな衝撃を伴って広間を駆け抜けた。

「それは……まさか、そんなことが」

「ご存じの通りこの十年、王都に歪みは発生していません。十年前と言えば、聖女レティシアが北部から王都に移って来た時です。彼女はそれから一日も欠かさず、朝昼晩の祈りを捧げてきた。恐らくその恩恵を、我らは知らずに受けていたのではないでしょうか」

今やハーゲン王までもが身を乗り出し、アルフレートの言葉に聞き入っている。

アルフレートは貴族院の面々をじっと見つめた。

「皆さんの知恵をお借りしたい。このレーメルン王国の各地に残る伝承、古い書物や建国当時の遺跡。領地に伝わるおとぎ話でも歌でも何でもいい。きっと、どこかにヒントはあります。

歪みとは何か、精霊とは、黒髪の聖女とは何なのか。そのことを私は解明したいと思っています」

一度言葉を切り、ゆっくりと続ける。

「皆さんと、一緒に」

そして、心の底から楽しそうに笑った。

「非常に泥臭い、気の遠くなるような作業です。精霊から受けた祝福など、何の役にも立ちはしない。しかしこれから先の世界で子供たちが笑っていられるために、私たちは等しく力を尽くすのです。……ご協力、お願いできますか」

レティシアとアルフレートが二人きりになれたのは、夜会もたけなわの頃だった。

次々に訪れる人々——爵位や肩書は途中でもう覚えることをあきらめた——に、ひたすら挨拶を繰り返し、笑顔で受け答えをしているうちに、最後には本当に目が回ってきてしまった。

その様子を感じ取ったアルフレートが、大広間から連れ出してくれたのだ。

「アルフレート様」

「はい」

大広間を見下ろす階段から少し離れたテラスに出ると、アルフレートは改めてレティシアに向き合って、しおらしい表情を浮かべてみせた。

「ごめん」

「アルフレート様、先に謝るのはずるいです」

「うん」

「どうして、事前におっしゃってくれなかったのですか」

「今日この場所が、すべてを決めてしまうのに最上だと思ったから。だけど君に相談したら、ちゃんと段取りを踏むことを希望するだろう？」

「だって、それが決まりですもの。聖殿長にも聖殿のみんなにも、まだ何も報告できていないのに」

「段取りを踏んでも報告しても、結局たどりつく答えは変わらないとしても？」

「だとしても、です」

「身体を繋げれば、君の聖女としての力が失われると思っていた。だけどあの夜を経ても、君の力には変化がない。それなら、もう妨げるものはないんじゃない？」

「それとこれとは、別問題です」

両方の眉を吊り上げると、アルフレートは悲しそうな顔になる。

「レティシアは、俺と結婚するのは嫌？」

「……アルフレート様は、やっぱりずるいです」

だって、夢のような一日だった。

たくさんの人たちにありがとうと言ってもらえ、遠くに見つめるだけだったお城の中に足を踏み入れ、そして何より、アルフレートが自分と一緒にいたいとみんなに宣言してくれたのだ。

そんなことが自分の身に起きるだなんて、今でもちっとも信じられない。ぱっと目覚めればすべてが夢だったと分かっても、少しも驚かないだろう。

「王城に戻ったら伝えたいってあの夜言ったこと、今伝えてもいいかな」

アルフレートはレティシアの手を取ると、静かにその場に片膝を突く。

「レティシア、君を愛している。出会った時からずっと。どんどん想いが強くなっていく」

まっすぐに目を見つめて、静かな声ではっきりと告げた。

「俺と、結婚してください」

白く華麗な造りをした、鋭角の塔を持つ建物がアルフレートの背後に見えている。温かな明かりを灯しながら星空の下に気高く浮かんでいるようなそれは、祈りの聖殿だ。

「アルフレート様」

レティシアが聖殿の中にいた時。落ちこぼれ聖女として途方に暮れていた時。いつだって、アルフレートもここにいたのだ。叔父を喪い、目的を見失い、迷いながらも人々を護るために戦ってきた。

そうやって別々に進んできた道の先で、奇跡のように出会えた人。

とてもとても、愛おしい人。

「ありがとうございます。私も同じ気持ちです」

あんなに堂々としていたのに。

自信満々に国王の前で結婚宣言までしたというのに。

アルフレートは、レティシアの言葉に心からほっとしたような顔で笑う。

（この人とずっと一緒にいたい）

レティシアは、心の底からそう願う。

そのために、自分に何ができるだろうか。

＊

東部から帰還したレティシアは、王城と聖殿を往復しながら過ごすようになった。

王城には高名な学者が国中から集められ、貴族院と王族の協力のもと、黒髪の聖女に関する

調査が進められることになった。総指揮を執るのはアルフレートで、レティシアもその手伝いを志願したのだ。

それは、このレーメルン王国の成り立ちを洗いなおすような歴史編纂作業となった。

王国の歴史には、ところどころ抜け落ちている部分がある。

大きな歪みに襲われて失われた記録もあるし、未だに人が住めないような歪みに満ちた地方もあり、王国中に散らばる伝承を集めるだけでも一苦労だった。

「まだまだ情報が足りないな」

アルフレートがため息をつくと、レティシアは不安な気持ちになる。

王城の牢に移送されたゾイン侯爵だが、騎士隊による尋問にも口を割っていないという。もちろん彼の書斎からはあらゆる資料が押収されているが、肝心のゾイン家に伝わる書物は既に破棄されてしまったのか、見つけることができていなかった。

「貴族院にも聖女の成り立ちに関する資料は残されていないんだ。分からないからこそ管理を厳しくしてきた、というのが彼らの言い分なんだけれど」

一方、そうしている間も王国のあちこちに歪みは発生する。アルフレートは精霊騎士隊長としての任務もこなさねばならず、大きな歪みに対処する時には遠征も辞さなかった。

要するに、今までに輪をかけて忙しくなってしまったのだ。

（なんとか、私も役に立ちたいのに）

もどかしい気持ちを募らせるレティシアだが、なかなかうまくはいかなかった。

レティシアには孤児院に来る前の記憶がなく、有効な情報を提供することもできない。

その上、アルフレートの中の歪みを解消した時はあまりにも無我夢中すぎたからか、なぜあのようなことができたのか、今となってはちっとも分らないのである。

（アルフレート様のことだけじゃないわ。侯爵領全体の歪みを解消できたことも。あれが私だけの力によるものだとは、やっぱりどうしても思えない）

場所だろうか。時間帯だろうか。何か大きな条件を、見逃しているような思いがあるのだ。

一度、貴族院や騎士隊みんなの前で歌を披露したことがあった。

アルフレートはまだその時期ではないと反対したが、レティシアから望んだのである。

しかし結果は惨憺たるものであった。

ガチガチに緊張しながら震える声で歌ったものの精霊が応えてくれる様子は微塵もなく、調子の外れた歌声を披露するレティシアの頭上を、そよと風が吹いただけであった。

「気にしなくていいよ」

その夜、毛布をかぶってベッドにうずくまったレティシアの頭を、アルフレートは笑いながらぽんぽんと撫でてくれた。

「簡単に何かが分かるなんて誰も思っていない。ただ、今まで得体が知れなかった歪みに対してなにか抵抗できるすべがあるんじゃないかと、そう思えるだけでみんなには、十分希望になっているんだからさ」

「だけど、私は皆様の役に立ちたいのです」

訴えるレティシアに、アルフレートは困ったように笑う。

「充分助けられているよ。ありがとう」

アルフレートはとっても優しい。だからこそ、どうにか役に立ちたいのに。

もどかしい想いが、レティシアを静かに追い立てている。

「レティシア様！」

嬉しい訪問者があったのは、そんな頃だった。

東部に残って療養を続けていたラナが、体調の回復を受けて王都にやってきたのである。

「ラナ、よかった。体はもう大丈夫なの？」

「はい。レティシア様にはやく会いたくて、父さんに連れてきてもらっちゃいました」

ラナは髪を二つのおさげに編み、はにかんだように笑っている。

緑色の大きな瞳には光が戻り、頬には十歳の少女らしいふっくらとした丸みが戻りつつある。

その変貌が嬉しくて、レティシアはラナをぎゅっと抱きしめた。


「二人とも、確かにそっくりの黒髪ですね。こうしていると、まるで姉妹のようだわ」

ラナを連れて聖殿を訪れると、エデルガルドは二人を見比べてしみじみと言った。

並んでみると、レティシアとラナは少しウェーブした髪質も瞳の色も、顔立ちまで確かにどこか似ているようだ。二人で目を合わせて、くすぐったい気持ちで微笑みあう。

「ラナのひいおばあ様も、私たちとよく似た髪色をしていたそうです。お母様の一族は国中を転々と、まるで何かから隠れるように暮らしていたと」

ゾイン侯爵領で、ラナの父が話してくれたことだ。

しかし彼も、ラナの母の一族についてそれ以上の知識は持っていなかった。

「私は、ひいおばあちゃんのことも知りません。小さい頃に死んでしまった母さんは、薄茶色の髪だったし。だけどある日、怖い人たちに無理やり侯爵様のところに連れて来られて、歪みをなくすように精霊にお祈りをしなさいって言われました。そうしないと、父さんを殺すって……」

思い出して青ざめるラナの手を、レティシアは隣からぎゅっと握る。

「私、お祈りのことなんてちっとも分からなくて。だから、母さんが歌ってくれたあの歌を、心の中で繰り返し歌いました。怖くて怖くて、精霊に、お願いだから歪みを起こさないでって。そうでないと殺されてしまうって、泣きながら歌いました」

「ラナ」

「侯爵様は、最初は優しかったんです。だけど私がお祈りを知らないって分かったら、すごく怖い顔になりました。私をお屋敷の地下に閉じ込めて、お祈りが上手にできない時は、森のあの小屋に連れて行って怒鳴りました。そしてあの日はいきなり縛られて、床の下に閉じ込められて……」

「もういいのよ、ラナ。辛いことを思い出させてごめんなさい」

レティシアがきつく抱きしめると、ラナは深呼吸を繰り返した。

エデルガルドも二人に近づき、優しくラナの背を撫でる。

「ラナ。ここには、あなたと同じ年頃の子もたくさんいます。あなたと同じように珍しい能力が原因で苦労した子たちも。きっと、思いを分け合うことができるはずです。私たちは、あなたを歓迎しますよ」

ラナの大きな緑色の瞳から、涙がぽろぽろとこぼれ落ちた。

「レティシア」

振り向くと、見習い聖女の少女たちが数人、大きな壺を抱えてにこにこと立っていた。

「アルフレート様が、またたっくさん果物を贈ってくださったの。ジャムもいっぱいできたから、今日はお昼のパンにたっぷり載せてパーティーなのよ」

「ねえ、ラナ、あなたも一緒に食べましょう」

戸惑いつつも笑顔を浮かべたラナが、少女たちに手を引かれて去っていく。その背中を見送ると、エデルガルドはレティシアを振り返った。

「ラナのことは心配ありませんよ。あの子は特別な力を持っているようだけれど、祈り方を知らないのです。雫の発現もまだですし、聖殿で責任を持って、ゆっくり育てます」

柔らかな風が吹き、エデルガルドのウィンプルを揺らす。

「だからあなたは安心して、あなたにしかできないことをしなさい、レティシア」

「エデルガルド様、私は……」

優しい声に、ずっと強張っていた心が解かれていくようだ。

「私は、とても不安なのです。どうしてあの時アルフレート様を助けられたのか、歪みを鎮められたのか、考えれば考えるほど、分からなくなってしまうのです」

「レティシア」

止めなければと思うのに、堰を切ったように不安が言葉になってあふれてしまう。

「もう二度とあのような力を発揮できなかったらどうしよう、と思うのです。みんなの役に立たなければ、アルフレート様の隣にはいられないのに」

穏やかな風が、庭に植えられた薬草の葉を揺らしている。

「アルフレート殿下が、そうおっしゃったのですか？」

首を横に振るレティシアに、エデルガルドは静かに続けた。

「誰かの役に立ちたいと、あなたがずっと願っていたのは知っています。だけど、それだけが目的になってしまえば、大切なものが見えなくなる」

レティシアは、顔を上げてエデルガルドと視線を合わせた。

「しっかりしなさい、レティシア。覚悟をしたのではないですか。そんなことで揺らいでどうするのです。あなたは祈りの聖女でしょう」

長い間たくさんの聖女たちを導いてきた聖殿長は、いつものように凛と背筋を伸ばして、レティシアを見つめている。

落ちこぼれ聖女として、聖殿の下働きをするようになった時のことを思い出した。何もかも失ったと思ったけれど、掃除や料理を覚えたり、下働きの皆と仲良くなれたり、孤児院の子供たちに出会ったり。楽しいことも、たくさんあった。

あの時と同じだ。視界を曇らせるものを取り除けば、とてもささやかなことが残される。

アルフレートを失うかもしれないと震えた、侯爵邸の薄暗い地下室。あの時自分が思っていたこと。

とてもささやかで、だけど何より大切なこと。

「聖殿長、私を外の世界に送り出して下さって、ありがとうございます。大変なこともあったけれど、素敵な出会いもたくさんありました。だけど、一つだけご報告をしなくては」

レティシアは、背筋を伸ばして顔を上げて、はっきりと告げた。

「忠告して頂いたのに、私はアルフレート様のことを、大好きになってしまいました」

エデルガルドは僅かに眉を持ち上げて、首をかしげて破顔した。

「愛する人のことを信じなさい、レティシア。それが覚悟ですよ」


王城に到着した馬車からは、思わず飛び降りてしまった。

そのまま聖衣の裾を踏まないようにそっと持ち上げてすたすたと進むレティシアに、侍女たちも目を丸くしている。もしかしたら、少し走っているのが分かってしまったかもしれない。

王城の回廊を駆け抜ける聖女。聖女としては失格だろうか。

（だけど、それでも今は）

「アルフレート様！」

だった。

騎士隊の厩舎にたどり着くと、ちょうどアルフレートがヘルマンたちと共に出てきたところ
西の前線から帰還したばかりなのだろう、隊服が少し汚れている。

「レティシア。ちょっと待って、今着替えてくるから」

構わずに、レティシアはそのままの勢いでアルフレートに抱き着いた。

「うわっ。どうしたの?」

「アルフレート様、私、どうしても伝えたくて」

はあはあと息を整えて、レティシアはアルフレートを見上げた。

「私はずっと、誰かの役に立ちたいと思っていました。私は落ちこぼれの聖女で、この世界にいらない存在なのではないかと」

「レティシア、そんなことはもう言わないで」

違うんです、とレティシアは首をぶんぶんと振る。

「そんな必要はないって、アルフレート様が教えてくれました。だけど私は欲張りなんです。今度はアルフレート様の伴侶として、ふさわしい存在になりたくなって。アルフレート様の足かせになりたくはないから」

「レティシア」

「でもそれは、私がアルフレート様のことを愛しているからなのです」

目を丸くして見つめてくるアルフレートを、レティシアは息を弾ませながら笑顔で見上げる。

「アルフレート様、大好きです。だから私は、自分の持っている力をきちんと発揮できるようになりたい。これは、私自身の願いです。あなたのそばに、ずっと一緒にいたいから」

言葉にすると、心がすっと軽くなっていく。ガチガチになっていた、肩の力が抜けていく。

（ああ、伝えられた。一番大切なことを）

大丈夫だ。ここから始めれば、何も間違えることはない。

アルフレートは目を丸くしてレティシアを見つめ、不意にぷはっと笑い出した。

「俺も一緒だよ、レティシア。夜会では偉そうなことをさんざん言ったけどさ、俺は結局君が大好きで、ずっと一緒にいたいだけだ」

「きゃっ」

アルフレートは軽々とレティシアを抱き上げて、くるりと回すと額と額を寄せ合った。唇を重ねようとしたところで、厩舎の影から気まずそうにこちらを覗く騎士隊員たちに気付いたレティシアが慌てて拒否したため、拗ねたような顔になる。

「だけどいきなりどうしたの？　ラナを連れて聖殿に行っていたんだろ？」

「そうなんです。ラナやエデルガルド様と色々なお話ができて」

地面に下ろしてもらいながら、レティシアは先ほど聞いた話を伝えた。

「アルフレート様？」

話を聞いたアルフレートが、瞳を思慮深く光らせる。

「ラナはあの森の小屋に、あの時初めて連れていかれたわけじゃないってこと？」

「はい、祈りが上手にできない時は、いつも連れていかれたと言っていました」

アルフレートは口元に手を当てて何かを思い出すような表情になり、

「レティシアごめん、俺ちょっと出かけてくる」

「えっ、どこへ？」

「東部。ゾイン侯爵領」

「ええっ。今からですか？」

話を聞いていた騎士隊員たちまで驚いた声を上げる中、厩舎に戻りかけたアルフレートはくるりと踵(きびす)を返して戻ってきて、レティシアを抱き寄せると耳元で囁いた。

「その前に、君の雫をもらってもいい？」


アルフレートたちが東部から戻ってきたのは、それから三日後のことだ。

あの後レティシアからたっぷりと祈りの雫の補給を受けたアルフレートは、馬に飛び乗って本当に王都を発ってしまったのだ。慌てて後に続いた騎士隊員たちと共に東部のゾイン侯爵領入りすると、大量の資料を馬車に詰め込んで帰還した。

「侯爵が最後にわざわざ小屋を潰したのが、なんだか引っかかっていたんだ。広場の地面を掘り返したら、予想通り。地底深くから隠し資料がざくざく出て来たよ」

人が滅多に足を踏み入れない「魔の森」。小屋は森に溶け込み、長いこと打ち捨てられているように見えていた。

しかし先入観を取り除けば、聖女についての調査内容を家族にも秘密にしていた侯爵が資料を隠すのに最適の場所ではないか。アルフレートの考えは見事に当たった。

積み荷は次々と解かれて、研究室へと資料が運び込まれてくる。

待ち構えていた学者たちが一斉に身を乗り出す片隅から、レティシアもそっと覗き込んだ。

侯爵家に代々伝わるという聖女に関する文書の他にも、大量の資料が目を引いた。

多くの書き込みがされた地図、あらゆる地方の伝承に、各地に残された壁画の写し。紙や羊皮紙に書き付けられたものから、石板の欠片が大量に詰められた袋まで、次々と並べられていく。

学者たちが、感嘆の唸(うな)り声(ごえ)を漏らした。

今まで明らかになっていなかった、この王国の歴史の謎が埋められていく。たどりつくことができなかった建国前の時代にまで。今、いちどきに遡っていく。

部屋のあちこちから、興奮した声が聞こえてきた。

「素晴らしい。これで、ついに聖女の始まりが分かるかもしれない」

「しかしゾイン侯爵は一体どうやって、これほどの資料を集めたのだろうか」

学者たちが首をひねる中、報せを聞きつけた貴族院の重鎮や王族たちも部屋へと集まってきた。

ハーゲン王は、机上の書類を一目見るなり、ものも言わず立ち尽くした。

「アルフレート様……？」

ふと隣を見ると、アルフレートも同様だった。

資料を見つめて目を見開いていたアルフレートは、レティシアの呼びかけに答えるように、つぶやいた。

「……ベルの字だ」

周囲の視線が、一斉にアルフレートに集まる。

広げた地図に書き込まれた文字を、アルフレートは指先で辿っていく。

「ベルは、聖女について調べていたんだ」

ベルノルト・ヴァリス。アルフレートの叔父で、現国王の弟殿下。

十二年前、東部を襲った歪みに侵され、非業の死を遂げた騎士。

「なるほど。ベルノルト王弟殿下なら、精霊騎士として王国中を回っていた。それこそ未開の地や秘境と呼ばれる場所までも」

「最強の現地調査ですな。これだけの資料を集めることも可能かもしれない」

「ベルノルト卿が亡くなったのはゾイン侯爵領だ。東部に長く滞在していた記録もある。彼の死後、所有の資料を侯爵が横取りしていたということか。あの男はなんてことを！」

皆が口々に推理や憶測を並べる中、レティシアは、重なり合った資料の間でキラリと光るものに指をのばした。

「しかしどうしてベルノルトが、聖女についての研究を？」

ハーゲン王が、ぽつりとつぶやく。

光っていたのは銀色のネックレスだ。貝殻のような模様の、小さな石がついている。

「これは……」

確かにそれに、見覚えがあった。

最終章　はじまりの聖女とはじまりの騎士

暖かな日差しが、見渡す限り一面緑の大地にふりそそいでる。

「レティ！　レティこっちを見て！」

ひょいひょいと連続とんぼ返りを披露するのは、少し背が伸びた男の子たち。

「すごいわ、上手にできるようになったのね」

手を打ち合わせるレティシアのスカートを、こちらもそれぞれに少しだけ成長した女の子たちが、左右から引っ張ってくる。

「レティ、このクッキーみんなで焼いたのよ。味見をしてくれる？」

「ありがとう。とっても美味しいわ。すっごく上手にできている」

みんなで、草の上に腰を下ろす。

「レティ、お歌を歌って？」

「ううん、お話を聞かせてちょうだい！」

遠くから、賑やかな笑い声が近付いてきた。

青い空の下を、アルフレートが白い馬で駆け戻ってくる。その背には、はしゃぐ子供も同乗していた。

「アル！　次は俺だよ！」

「ずるいよ、僕も僕も！」

「ほら、ちゃんと順番だ。しっかりつかまっていろよ？」

久しぶりに訪問したアルフレートとレティシアを、孤児院の子供たちは爆発したような大喜びで迎えてくれた。

馬を走らせるアルフレートたちから丘の上へと視線を移す。

そこに、静かにたたずむ姿が見えた。

聖殿長・エデルガルドが胸元に手を当てたまま、青い空を見上げている。

穏やかな、優しい風が吹き抜けていく。

ベルノルトの資料の中から見つけた、銀色のネックレス。

アルフレートの許しを得て、レティシアはそれをエデルガルドに手渡した。

ぴたりと閉じられた彼女の聖衣の胸元に、これと同じものが下がっていることを知っていたからだ。

エデルガルドは何も語ることはなく、レティシアも何もたずねなかった。

ただそのネックレスをそっと胸に押し当てる彼女の浮かべた笑顔が、今まで見たどんなものよりも温かくて、何も聞かなくてもすべてが分かるような気がしたのだ。


「聖女の始まりは、この国の歴史よりさらに昔に遡るんだな」

ひとしきり子供たちと遊んだ後、大きな木の下にレティシアと並んで寄り掛かり、アルフレートは林檎をかじっている。

遠くでは、丘の上から布に乗って滑り降りてはまた登る、という遊びを子供たちが延々と繰り返している。一緒に歓声を上げて坂を転げ回っているのは、クリスやヘルマンといった騎士隊員たちだ。

ベルノルトの遺した資料は、多くのことを教えてくれた。

ずっとずっと昔。まだ、この王国が名前を持たなかった頃。

元々東部には、精霊の声を聞くことができる一族がひっそりと暮らしていた。

一族の女性は浄化の力を持っていて、彼女たちが祈れば精霊の歪みはたちどころに消えたという。

しかし三百年前、その一族を私欲で利用しようとしたゾイン侯爵の祖先から逃れ、彼女たちは各地に散らばって行方をくらませてしまったのだ。

やがてアルフレートの祖先がレーメルン王国を興し、そしてさらにまた、たくさんの世代が過ぎていった。

そんな中で彼女たちは力を少しずつ変化させながら、人々に交じっていったという。特徴的な黒髪と浄化の力は失われ、聖なる雫と癒しの力だけが残された。

それが、今も続く「祈りの聖女」である。

「結局また、ベルに助けられちゃったな」

アルフレートは、むしろすっきりとしたように大きく伸びをした。

「ベルってさ、すごくモテたし縁談も大量に持ち込まれていたけど、いつものらりくらりと受け流していて、ああこの人は仕事で忙しくて、自分の楽しみとかないのかなって俺思ってた」

だけど、とこらえきれないように笑い出す。

「騎士隊の任務で国中を回るのをいいことに、聖女のことをあんなに調べていたんだな。きっと聖女に自由を与えて、聖殿からエデルガルドさんを連れ出そうと思っていたんだ。仕事にかこつけて好きな子を手に入れるための調査をぐいぐい進めるとか、職権乱用もいいところだよ。さすが俺の叔父、すごく共感できる」

ひとしきり笑うと息をはあっと吐き出して、遠くを見るような表情になった。

「それでもやっぱり、私はまだ不思議なんです」

ベルノルトの資料は膨大だったが、聖女のすべてが分かったわけではない。

なぜレティシアとラナだけが、今でも黒髪と浄化の力を持っているのか。

先祖返りのようなものなのか、それとも今もどこかに、黒髪の聖女たちがひっそりと暮らしているのだろうか。

「なにより、私はやっぱりどうしても、あの夜東部の歪みを浄化できたあの力が、自分だけのものだという気がしないのです。なにかもっとこう……足りないものを補ってくれる温かさがあったように感じてしまうというか」

うまく説明できなくて焦れるレティシアの髪を、アルフレートは優しく撫でてくれた。

「大丈夫だよ。ここから先は、俺が調べるから」

「え？」

ふうっと息を吐き出して、アルフレートは強い視線をレティシアに向ける。

「聖女の始まりも、力の秘密も、ベルの資料を引き継いで俺が調べる。この国はもちろん、魔の森を抜けて遠くの国までだって。そしていつかきっと、君を家族に会わせるよ」

レティシアはそっとアルフレートの手を取り、自分の頬に当てた。

「アルフレート様、ありがとうございます」

風が葉を揺らし、まぶしい木漏れ日が二人の上で踊っている。

「だけど、無理はしないでくださいね？　私はもう大丈夫なんですもの。だって、アルフレート様が私の家族になってくださるのでしょう？」

アルフレートは目を瞠り、それからふっと微笑んだ。

「もちろん。でも、俺が調べたいんだ。最大の謎も残っているしね。分かるだろ？」

揶揄うように、アルフレートはレティシアの耳元で囁いた。

「どうして君の祈りの雫だけが、最高な場所からこぼれるのかってこと」

呆れて笑ったレティシアに、アルフレートは優しく口付けてくれる。

＊

「んっ……あっ……」

もつれるようにベッドへとたどりつく間も、深い口付けが繰り返される。

上唇をはみ下唇を甘噛みすると、アルフレートは熱い息を漏らしてレティシアを見つめた。

あれからアルフレートは、レティシアを馬に乗せて王城へと駆けた。

連れていかれたのは、最上階にあるアルフレートの私室だ。床にはたくさんの資料が積み上げられ、最近の彼が寝る間も惜しんで聖女についての研究に時間を費やしてくれていたことが分かる。

「レティシア、胸を出して」

直接的な言葉で促されると、未だにやはり恥ずかしい。

アルフレートはきっと確信犯だ。レティシアは、恥じらいつつも服のボタンを外していく。

ふるりとこぼれた白い胸の先に、密やかに立ち上がる小さな突起。そこにアルフレートは躊躇なくはくりと食いついた。

「あっ……」

ベッドの上、どうにか身を起こしたレティシアに腕を回して抱きしめて、床に膝を突いたアルフレートは小さな乳首を下から執拗に舐め上げる。

「まっ……待ってください……あっ……あんぅ……」

ちゅくちゅくと、音を立ててアルフレートがレティシアの胸の先を吸う。れろりと舐め上げて、そのままちゅっと口に中に吸い込んで。

乳首だけではない。豊かな胸全体まで、そのままほおばろうとでもするように。

「ああっ……」

力を込めて長く吸われてから、やっと乳首が解放された。つんっとはしたなく尖っている。

「美味しい、レティシア」

ちろりと唇を舐めながら、アルフレートが笑う。涼やかな目元が赤く染まり、彼が猛っていることを伝えてくる。

「アルフレート、様……力が、足りて、いないのですか？」

細かく震えながら、レティシアは問いかける。

嬌声の合間に精一杯、切れぎれに祈りの言葉を呟いてはいるが、果たしてどれくらい雫を提供できているものか。アルフレートの唾液とレティシアの雫は混ざり合って、もう区別ができないほどだ。

「そうだね。いつだって俺は君のここを吸っていると、もっともっとって思うんだ」

舌の先で、乳首を軽く弾かれる。それだけでレティシアは大きな声を出してしまう。

胸の先がじんじんとしびれ、身体から力が抜けてしまうというのにそれでもアルフレートは唇を離そうとはしない。ぎゅっときつくレティシアの身体を抱きしめて、また長い時間をかけて、乳首を弾き、吸い、甘く噛んで口の中で転がしてくる。

思えば二人でこうして身体を重ねるのは、アルフレートが歪みに侵されたあの夜以来だ。

王都に凱旋してからも、レティシアの体調が万全ではなかったり、あまりにも忙しい日々が続いたりしたため、ゆっくりとした時間を持つこともできなかったのだ。

いや、それだけではない。レティシアが揺らいでいたからだ。

自分がアルフレートにふさわしいのだろうか、聖女として役に立つのだろうかと、そんなことを勝手に思い悩んでいた。

アルフレートはそれを感じ取り、無理を強いないようにしてくれていたのだ。

「レティシア、君の雫は奇跡そのものだ。先端からぷっくりあふれてくるのが可愛くて、口にふくむととても甘くて、飲み込むと力が湧いてくる」

先端を甘く噛みながら、上目にレティシアを見て囁く。

愛おしさがこみ上げて、レティシアは思わず首を振った。

「私も」

「え？」

「私も……んっ……アルフレート様に吸っていただくと、力が……どんどんあふれてきて、声が出てしまいます」

震えながらどうにかそう告げると、アルフレートはちゅぽんと唇を胸の先から離した。

「もう限界だな」

大真面目な顔である。

「え……」

「レティシア、今日は俺、君を求める心が止められない。先に謝っておくよ」

アルフレートは身を起こして、シャツを脱ぎ捨てながら笑った。

「本当はさ、あれからずっとこうしたかった。いや、君に初めて会った時から、毎日毎日君を抱きたいって思ってた。これでも俺、さんざん我慢していたんだよ」

彼の向こうに大きな窓が見える。夕方から、空が夜へと移ろっていく。

アルフレートはもう一度レティシアに口付けると、全裸のままのレティシアの身体をくるりとうつぶせにさせた。

「え……アルフレート様……？」

「ここからの雫も飲ませて」

慌てて身を起こそうとしたが、アルフレートに向けて裸の尻を突き上げたような姿勢になってしまう。

「きゃあっ!?」

アルフレートはそんなレティシアの太ももに両手を当てて、くちり、と左右に開いたのだ。

「や、だめ、だめです。見ないでください、そこは……」

空気に触れた場所を、アルフレートが覗き込んでくるのを感じる。

アルフレートの、息がかかる。

「やぁ……」

あまりの恥ずかしさに、レティシアは柔らかなベッドに頬を擦り付けた。

アルフレートはそのままレティシアの両脚を引き寄せて、そこに後ろから唇を当てる。

「だめ、だめです……」

ちゅぢゅ、と吸いながら更に開き、中に舌が入ってくる。

同時にとんとんと敏感な突起の先端を指先でくすぐりながら、中からこぼれる雫を丹念に吸い上げられる。

刺激に、頭の中がちかちかと煌めくようだ。

「や、やめてくださ、アルフレート様……！　あっ、ああっ、んんっあああぁ……！」

びくんっと腰を跳ね上げたレティシアのそこから、とろりとしたものが滴り落ちた。

アルフレートはそれも、丹念になめとっていく。

「レティシア、もっと出してみて」

「む、無理です、もうこんな……あっ……」

カリ、と小さな突起が甘噛みされた。

ひくりと揺れた腰が抑えられ、動きを拘束されてしまう。

「アルフレート様、やっ、あっ……んんんっ……だめ……！」

コリコリと唇に挟まれて、先端を舌先が弾いてくる。レティシアは泣きじゃくるような声を上げながら、再び達した。

腰が揺れる。祈りの言葉を口にしなくてはと思うのに、それすらかなわないほどに。

アルフレートは、そんなレティシアの身体を今度はそっと仰向けにした。

唇を乱暴にぬぐうアルフレートが見える。目が合うと、やけに神妙な顔になった。

「レティシア、ごめん。告白しないといけないことがある」

「な……なんで、しょうか」

「君の雫は最高だけど……下から出る分には、精霊の祝福を補填する力はないみたいなんだ」

「え……」

レティシアは目を丸くする。その言葉の意味を理解するにしたがって、だんだんと顔が赤くなっていく。

「な……」

「ごめんね。君が一生懸命祈りの言葉をつぶやいているのがあまりにも可愛くて、最初から分かっていたんだけど、言うことができなかったんだ」

「ア……アルフレート様？」

あわあわとするレティシアに、我慢できないというように、アルフレートは噴き出す。

「ありがとう、レティシア。いつも必死で祈ってくれて。だけど安心して。祈りの力はなくったって、君の雫は俺を元気にするしさ。これからも同じように、下からも飲ませてくれるかな」

「アルフレート様って……ば、ばかです！」

「わ。君に初めてそんな風に言われた。嬉しいな。もっと言って」

「もう嫌です……」

両手で顔を覆い、レティシアは首を横に振る。

それでは何のために、あんなにも恥ずかしいところを今までさんざんアルフレートに晒していたのだろう。あそこからこぼしたものは全て、ただ自分の快楽を象徴しただけのものだったということなのだろうか。

考えただけで、体中が羞恥で沸騰しそうだ。

「レティシア、ごめんね」

その手をそっとはがされて、優しく口付けられた。

「アルフレート、様……」

レティシアは、アルフレートをじとっと見つめた。

本当に、困った人だ。

そう、出会った時からそうだった。

近寄ってはいけないと思っていたのに、ぐいぐいと距離を詰めてきて。

レティシアの手を取り、視界を広げて、外へ外へと連れ出していってくれた。

いつだって、彼がいるところから花が開いていく。

雲が晴れ、切れ間から明るい光が差し込んでくる。

「アルフレート、様……」

いつしかすっかり夜になった窓の外、光を放つ星が見える。

標だ。

自分は落ちこぼれだと、役立たずだと縮こまっていたレティシアを、導いてくれた星。

「大好きです」

大切なことはいつだって、この言葉から始まるのだ。

「アルフレート様のことが、大好きです」

エデルガルドとベルノルトが、どんなふうに想いを通じ合わせたのかは分からない。

きっとそれは二人だけの大切な秘密で、他の者が知る必要はないのだろう。

だけどきっと二人は、その想いを大切に育てていたのだ。

ベルノルトはエデルガルドと共にいるため、いや、彼女を自由にするために、聖女のことを調べていた。そしてエデルガルドはその想いを継ぎ、聖女たちを導いた。

何があっても凛として、誇りを抱き、信念を貫いていた。

——それが、覚悟ですよ。

今なら、あの言葉の意味がよく分かる。

(私も、エデルガルド様のようになりたい。この想いに、胸を張っていたい)


「アルフレート様が、私の愛の標です」

両手を伸ばして告げるレティシアを、アルフレートが正面からきつく抱きしめてくれる。

「レティシア、俺もだよ。最初に会った時からずっと、君だけが俺の光だ」

互いを手繰り寄せるように抱き合って、深くふかく、口付ける。何度も何度も角度を変えて、アルフレートの舌はレティシアの口の中をたどっていく。

「あっ……」

広げられた脚の奥に、固いものが押し当てられた。

いったん呼吸を合わせると、ぐぷぷとそれが挿(はい)ってくる。

「っ……レティシア……」

「あ、っ、んっ、ああっ……」

無我夢中で乗り越えた、あの夜以来二度目の繋がりだ。

大きい。熱い。だけど、とっても愛おしい。

もっともっと、アルフレートで満たしてほしいと願う。いっぱいにしてほしいと希(こいねが)う。

ずくんずくんと腹の底が疼いている。レティシアは喘ぐように息をしながらアルフレートを見上げた。

「アルフレート、さま……」

「レティシア、大丈夫。力を抜いて」

アルフレートは手を伸ばして、揺れるレティシアの胸の先を優しく弾く。

「んんっ……」

唇を結んで眉を寄せるレティシアを見下ろしてふっと笑うと、とんとんと中を擦りながら、だんだん奥へと入ってくる。

奥へ、奥へ。深く、深く。

「アルフレート、さま……あ！」

「レティシア……」

性急に、時に甘く緩やかに。アルフレートがレティシアの中で動いている。

「ああ、だめ、力が、抜けてしまいますっ……」

「いいよ、俺に全部任せて」

「だ、だけど、あっ……なんだか……」

アルフレートは優しく笑い、腰を浮かせて切羽詰まった息をするレティシアの頭を撫でた。

「達しそうなのか。いいよ。ほら、我慢しなくていい。気持ちいいところをたくさん擦ってあげるから、思いきり達して」

ただただ追い立てられるような快感に、レティシアはプルプルと震えながら、アルフレートにしがみつく。腹の底がきゅんっと音を立てているようだ。

「っ……」

アルフレートも切なげに眉を寄せた。唇を引き結び、はあっと息を吐き出す。その表情を見上げながら、レティシアは不思議な感覚をおぼえていた。

ぱちぱち、と二人の中に熱が弾けている。

紅蓮と蒼、白銀と褐色、そして純白。

火・水・風・土・そして祈り。

そこを起点に、この世界を司る、精霊のすべてが繋がっていく。


「アルフレート様……」

「うん、レティシア」

二人は目を見合わせて頷き合うと、深く口付けた。


命を結んで、想いを感じ取っていく。

はじまりの聖女の本当の力。

あの時歪みを解消できた、真の理由。

レティシアがもどかしく感じていたものの正体を、二人同時に理解する。


だけど今はそんなことすら、どうだっていいくらいに。

「レティシア、愛している」

「私も、愛しています」

胸が優しく包み込まれる。

もう一度優しくキスをされ、アルフレートの命が注ぎ込まれてくる。

その夜、レーメルン王国全土をまばゆい光が包み込み、歪みが浄化されたという。

＊

ちゅく、ちゅっ……と、部屋に音が響いている。

「アルフレート、様……も、もう……」

水音が部屋の外に漏れてしまわないかと気が気ではない。だけどアルフレートは何食わぬ顔で、レティシアの胸の先端を、さらに強くぢゅちゅっと吸いあげた。

「だって、君がいいって言ったんだろう」

濡れた口元を手の甲でぬぐい、アルフレートは当然の顔だ。

「い、言いましたけど、こんなギリギリの時間まで……」

アルフレートが城に帰還したのは、今朝早くだ。

精霊騎士隊隊長として各地の視察にあたりながら、夜を徹して馬を走らせ、明け方どうにか間に合ったのである。

レティシアの待機する部屋に正装に着替えて入ってきた時には、そんな疲労を微塵も感じさせない相変わらずの堂々としたたたずまいだったのだけれど。

――お疲れですね。少しだけ……力、補填いたしますか?

思わずそんなことを口走ってしまったレティシアが愚かだったのかもしれない。

だって人払いした控室の片隅で、それからずっと胸を吸われ続けているのだから。

「だめ、お待ちくださいアルフレート様、あっ。これ以上されては……」

「大丈夫、衣装は濡れないようにしているから」

壁に押し付けたレティシアの胸の先端からちゅぷりと唇を離したアルフレートは、そのままの勢いで純白のドレスをまとったレティシアの唇をふさぐ。

「今日っていう日を待ちわびたよ、レティシア」

「私もです、アルフレート様」

はじまりの聖女の秘密が明らかになったあの日から、季節を二つほど越えた今日。

二人はついに、結婚式を挙げるのである。


「だけどまさか、レティシアの浄化の力の最後のカギが、俺の中にあったとはね」

王城の広く長い廊下をゆっくりと進みながら、アルフレートは感慨深げにつぶやいた。

呆れたように……いや、とっても嬉しそうである。

この数か月でいったい何度、彼はそれを繰り返しただろう。

あの夜、二度目に身体を繫ぎ合わせたそのさなか、二人は同時にそのことに気が付いたのだから。

レティシアの中の、祈りの力。

それがアルフレートの中の火・水・風・土という四属性と結びついた時、周囲の歪みを解消する、浄化の力が発動するのだ。

「要するに、俺たちが身体を重ね続ければ、この世界から歪みを消し去ることができるってことだよね。責任重大だな。頑張って、これからもいっぱいいっぱいしないとね」

「えっと……お手柔らかに、お願いします」

大真面目な顔で宣言されて、ほんの少し体力に不安を覚えつつも、レティシアは苦笑した。

聖女の力は、誰かを愛したからと言って消えることはない。

むしろ強く、大きくなっていくのだ。

外の世界を見て、たくさんの人と知り合って。

だからこそ、守りたいと思う力が湧く。

自分の中に芽生える想いを必死で打ち消さなくても、当たり前のように受け入れて、愛する人と寄り添っていくことができるのだ。


「ベルは、このことに気付いていたのかな」

廊下の突き当りの扉に手を突いて、アルフレートはつぶやいた。

「最後の瞬間、あの人は俺に言ったんだ。いつかおまえが……って」

あれからベルノルトの資料をさらに調べると、かつて「はじまりの聖女」の隣には、常に一人の騎士が寄り添っていたことが分かった。

それは、四属性の精霊からの祝福を同時に持つ、類まれなる力を有した騎士だったという。

はじまりの聖女と、はじまりの騎士。

レティシアとアルフレートは、手をそっと握って互いを見つめ、微笑んだ。

「行こう、レティシア」

「はい、アルフレート様」


扉が左右に開かれた。眩（まぶ）しい光の下、青空の下に歩み出す。

うわあっという歓声が、二人を包み込んだ。

王城の前の広場には、次期国王と王妃殿下を一目見ようと国中から人々が集まっていた。

左右には王族と貴族院の面々に続き、聖殿関係者も並んでいる。

凛と背筋を伸ばすエデルガルドの隣に緊張した面持ちで立っているのは、聖女と見習い聖女たちだ。みんな美しい衣装を着て、うっとりとこちらを見つめている。

顔を上気させたラナが、胸元で小さく手を振ってくれた。

精霊騎士隊の隊員たちがずらりと並んでいる。ボロボロと泣くヘルマンの隣で、クリスが満面の笑みで手を打ち鳴らしている。孤児院の子供たちも、よそゆきの服で飛び跳ねている。

他にもたくさんの人たちが、笑顔で歓声を上げてくれている。

この数か月、レティシアはアルフレートたちと共に国中を回り、歪みの長期解消への対策にあたってきた。行く先々で知り合ったたくさんの人々が、この場に駆けつけてくれたのだ。

「レティシア」

アルフレートが、レティシアを見て微笑んだ。

レティシアも微笑んで頷くと、息を吸い込み両手を胸元で組み合わせる。

どうしたら特別な力を使えるのか、レティシアにはずっと分からなかった。

だけど、特別なことなど何もなかったのだ。

それは最初から、当たり前のようにレティシアとアルフレートの中にあったのだから。

最初はたった一人で、ただ自分が生きていくために、この世界の役に立ちたいと願った。

アルフレートと出会って、この人のためならそれを失ってもいいと決めた。

そして今、たくさんの人に出会って支えられて、もう一度、この世界を愛おしいと思う。


二人が巡り会えた時から、すべては始まっていたのだと。


アルフレートが、まるで空を掴むように左手をまっすぐに掲げた。

紅蓮と蒼、そして白銀と褐色。

指先から放たれた四色の光が高く駆けあがり、四方へと飛び散る。

まばゆい光が降り注ぐ下、レティシアの歌声が、風に乗って広がっていく。

もう一度アルフレートと笑顔を交わし合うと、レティシアは両手を大きく差し出した。

歌いながら、愛しい世界を抱きしめるように。

その瞬間、広場を囲む木々の枝から一斉に緑の葉が芽吹き、鮮やかな花が咲きみだれていく。

それは王城の庭を、そして王都全体をつつみ込まんとばかりに広がっていく。

だけど、まだまだこの世界は、たくさんの歪みで満ちている。
浄化した端からまた歪み、どこまでも繰り返されていく。
欲望のぶんだけ、弱さのぶんだけ。また歪んでいってしまう。
それはきっと、人間と同じ。

（それでも、きっといつか）

人々を愛するように、精霊を愛すること。
歪みとは、精霊がただ暴走しているのではない。
人間と同じように疲弊して、傷ついた彼らの悲鳴なのだ。
それを受け入れて、癒していく。
そうすればいつか本当に、この世界から歪みはなくなるかもしれない。

（きっと、あなたと一緒なら）
アルフレートが、そっとレティシアに口付ける。

囁かれる愛の言葉にレティシアが真っ赤になった時、ひときわ高い歓声が広場を包み込んでいた。

あとがき

「聖なる力が××から出る乙女ですが、最強騎士さまに甘く捕まえられました」をお手に取って下さいまして、誠にありがとうございます。

茜たま、と申します。ケンカップルと両片想い、不憫男子の溺愛など、じれもだした関係性に身もだえしつつ、真顔でせっせと妄想に励むのが何よりも大好きです。

この度は、蜜猫F文庫様の創刊おめでとうございます。記念すべき場に立ち会わせていただきましたこと、大変光栄に思っております。

さて。毎回大好きなあとがきコーナー、今回あまりページがありませんのでぐいぐい進めます。ネタバレ全開でございますので、よろしければ本編読了後にご覧くださいませ。

今回のお話は、「××から聖なる力が出てしまって戸惑う乙女を書きたいものである！」という、私の断固たる意志から生まれました（凛とした表情）。

基本敬語で話す主人公というのはあまり書いたことがなかったのですが、レティシアはもう最初からそのスタイルですんなりと決まり、おそらくレティシアの体質を知って膝を打ったであろうアルフレートも、レティシアと共に軽やかに爆誕してくれました。

物語を経て大義名分を得たアルフレートは、これからも永遠にレティシアの××を独占していくことでしょう。……子供が生まれたら取り合っちゃうのかもしれません……××を。

周囲の登場人物たちも、書いていてとても楽しかったです。聖殿の皆もアルフレートに振り回されるクリスやヘルマンたちも、なんなら貴族院のおじさんたちも。

遡ってエデルガルドたちの世代や、時が流れてラナが聖女になった時のお話なんていうのも、色々妄想が膨らんでしまいます。そうやって登場人物たちのことを色々と考えながらお話を書き、読者の皆様にお届けできることを、いつも奇跡のように感じます。

最後になりましたが、二人に美しい姿を与えて下さったことね壱花先生。煌びやかで極上に可愛い世界観が大好きです！　聖女姿はもちろん夜会のレティシアもあまりに可憐で、脳内でアルフレートをひゅーひゅーと冷やかしてしまいました。本当にありがとうございます。

担当編集N様をはじめ、編集部の皆様、制作、流通そして販売に関わって下さったすべての皆様、そして読者の皆様に、心からの感謝を込めて。

またどこかの物語の世界でお会いできることを、心から楽しみにしております！

二〇二三年初夏　茜たま